OS PRÍNCIPES DO DESTINO

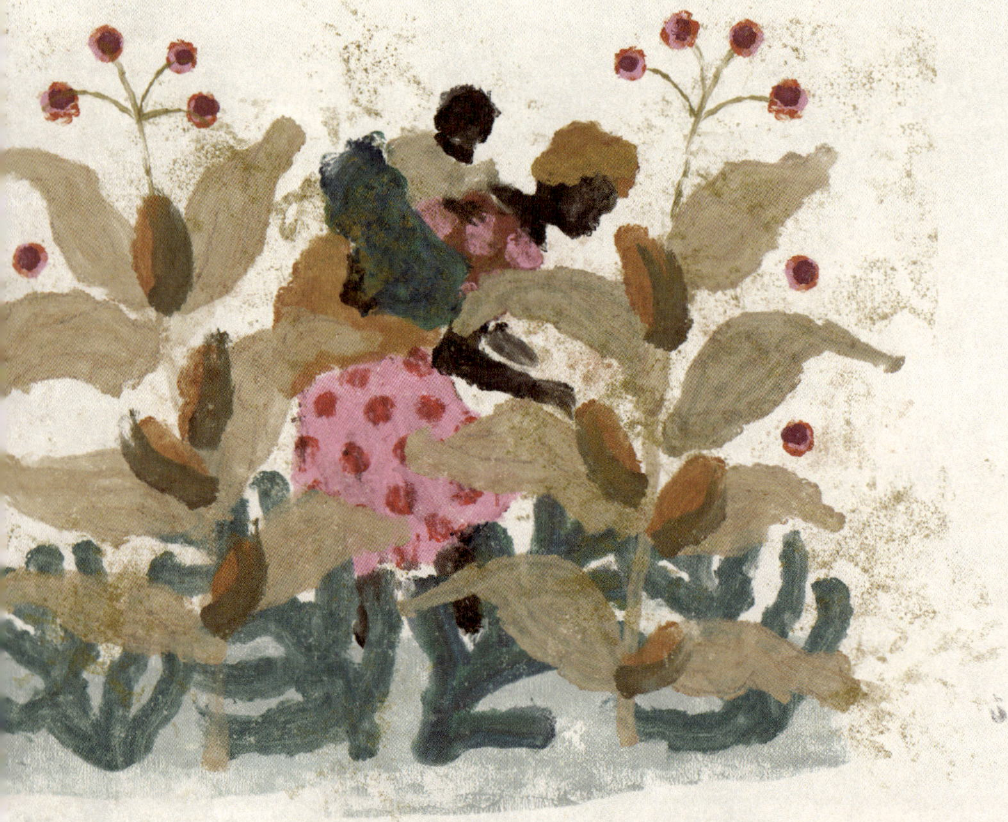

OS PRÍNCIPES DO DESTINO

Os Odus de Ifá
e suas extraordinárias histórias

Reginaldo Prandi

ilustrações
Anna Cunha

Rio de Janeiro | 2022
2ª edição

PALLAS

Copyright© 2021
Texto: *Reginaldo Prandi*
Ilustrações: *Anna Cunha*

Editoras
Cristina Fernandes Warth
Mariana Warth

Coordenação de design e de produção
Daniel Viana

Assistente editorial
Daniella Riet

Preparação de texto
Eneida Duarte Gaspar

Revisão
BR75 | Rowena Esteves

Este livro segue as novas regras do Acordo Ortográfico da Língua Portuguesa.

Todos os direitos reservados à Pallas Editora e Distribuidora Ltda. Não é permitida a reprodução por qualquer meio mecânico, eletrônico, xerográfico etc., de parte ou da totalidade do conteúdo e das imagens contidas neste impresso, sem a prévia autorização por escrito da editora.

CIP-BRASIL. CATALOGAÇÃO-NA-FONTE
SINDICATO NACIONAL DOS EDITORES DE LIVROS, RJ

P923p
2. ed.

Prandi, Reginaldo, 1946-
    Os príncipes do destino: os Odus de Ifá e suas extraordinárias histórias / Reginaldo Prandi; ilustração Anna Cunha. – 2. ed. - Rio de Janeiro: Pallas, 2022.
        112 p.; 23 cm.

    ISBN 978-65-5602-082-2

    1. Contos. 2. Literatura infantojuvenil brasileira. I. Cunha, Anna. II. Título.

22-80538
                      CDD: 808.899282
                      CDU: 82-93(81)

Gabriela Faray Ferreira Lopes – Bibliotecária – CRB-7/6643

Pallas Editora e Distribuidora Ltda.
Rua Frederico de Albuquerque, 56 – Higienópolis
CEP 21050-840 – Rio de Janeiro – RJ
Tel.: (021) 2270-0186
www.pallaseditora.com.br | pallas@pallaseditora.com.br

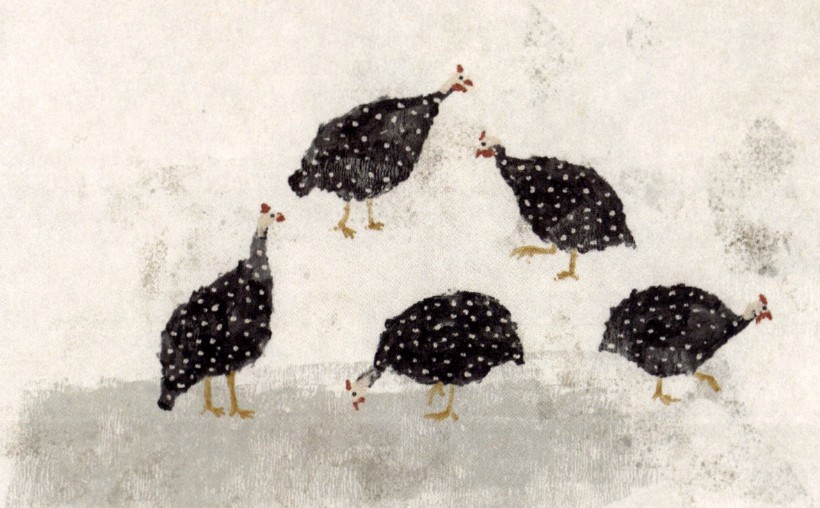

AS HISTÓRIAS DO DESTINO

INTRODUÇÃO
Os dezesseis príncipes e as histórias do destino   13

PRIMEIRA REUNIÃO
Os príncipes do destino contam histórias no Céu   19

SEGUNDA REUNIÃO
O Príncipe Infeliz e as abóboras desprezadas   25

TERCEIRA REUNIÃO
O mensageiro e as vacas que pastavam no telhado   31

QUARTA REUNIÃO
O escravo que guardou os ossos do príncipe   39

QUINTA REUNIÃO
A mãe do rio exige o pagamento da promessa   43

SEXTA REUNIÃO
O miserável que acabou ficando rico   47

SÉTIMA REUNIÃO
O guerreiro toma o poder das mulheres   51

OITAVA REUNIÃO
O inventor do pilão destrói palácios   57

NONA REUNIÃO
A mãe dos peixes leva para seu reino os filhos homens   61

DÉCIMA REUNIÃO
Os homens provocam a separação entre o Céu e a Terra   65

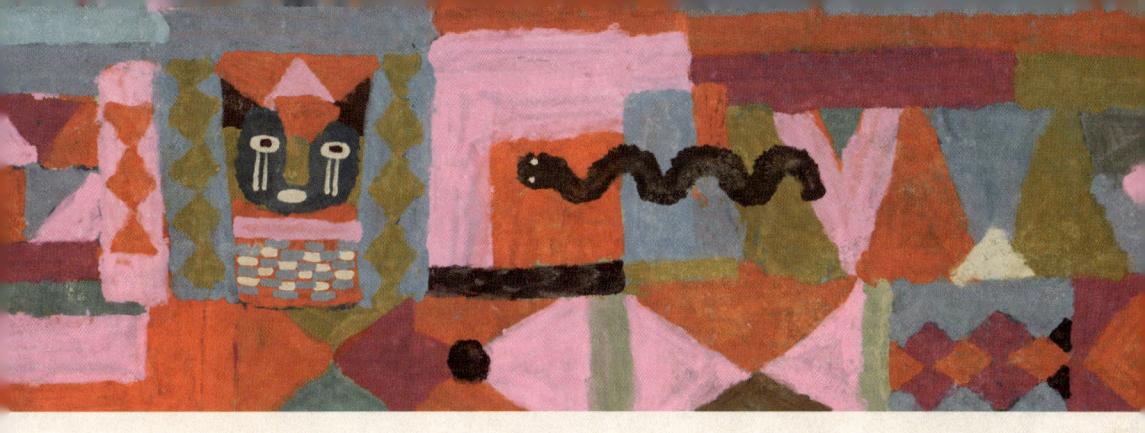

DÉCIMA PRIMEIRA REUNIÃO
O adivinho que prendeu treze
ladrões com grãos de milho   69

DÉCIMA SEGUNDA REUNIÃO
O rei que foi obrigado a pilar inhames   73

DÉCIMA TERCEIRA REUNIÃO
A mãe que teve um filho feio e um filho belo   77

DÉCIMA QUARTA REUNIÃO
O arco-íris do Céu vira serpente na Terra   79

DÉCIMA QUINTA REUNIÃO
O médico que se escondia debaixo de palhas   83

DÉCIMA SEXTA REUNIÃO
O adivinho escolhe sua esposa
entre três pretendentes   87

FINAL
Como os príncipes do destino
se tornaram brasileiros   93

PARA SABER MAIS
OS IORUBÁS E SUAS HISTÓRIAS   100
NOTA DO AUTOR   106

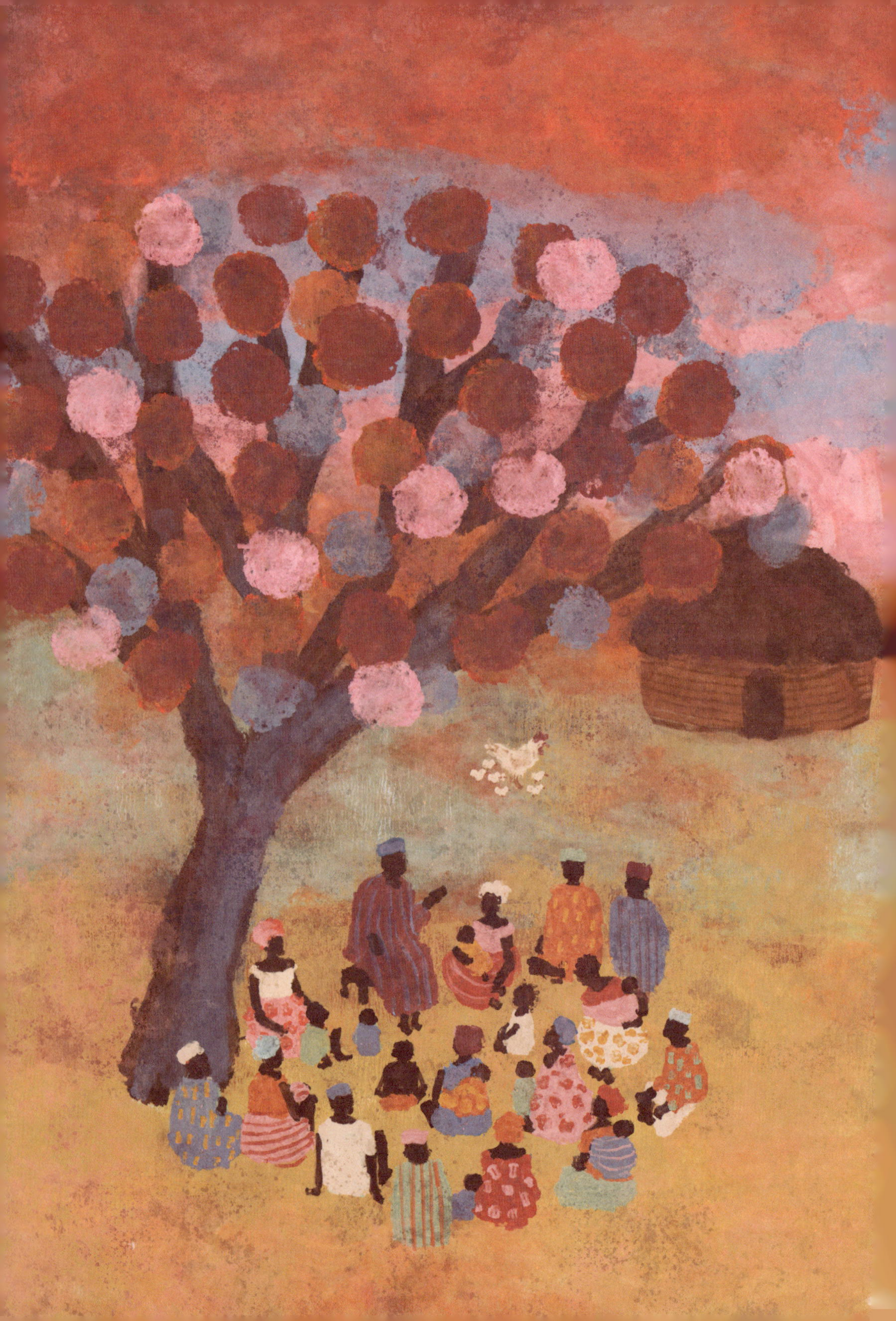

AS HISTÓRIAS
DO DESTINO

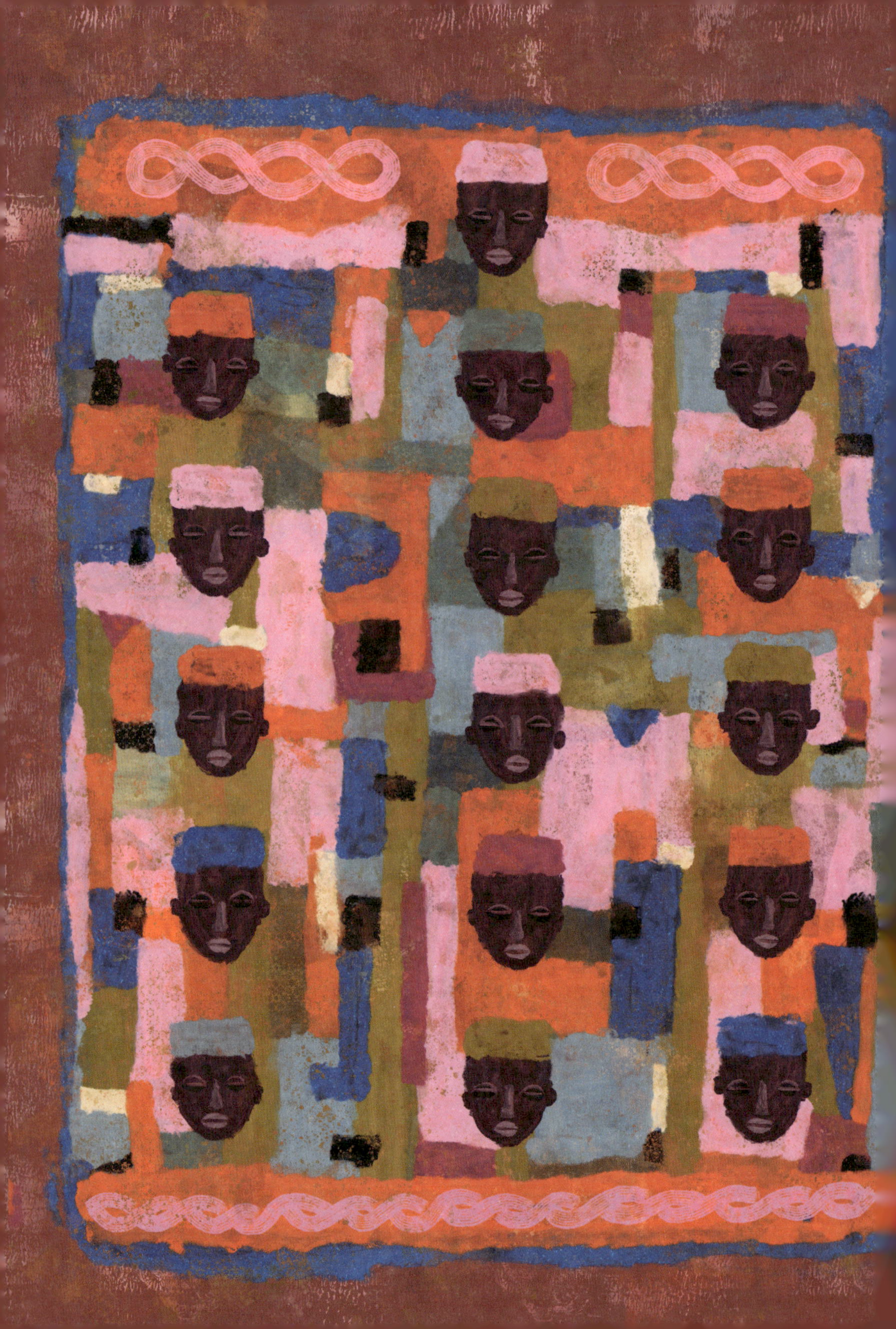

INTRODUÇÃO

Os dezesseis príncipes e as histórias do destino

Há muito tempo,
num antigo país da África,
dezesseis príncipes negros trabalhavam juntos
numa missão da mais alta importância para seu povo,
povo que chamamos de iorubá.
Seu ofício era colecionar e contar histórias.
O tradicional povo iorubá acreditava que tudo na vida se repete.
Assim, o que acontece e acontecerá na vida de alguém
já aconteceu muito antes a outra pessoa.
Saber as histórias já acontecidas, as histórias do passado,
significava para eles saber o que acontece
e o que vai acontecer
na vida daqueles que vivem o presente.
Pois eles acreditavam que tudo na vida é repetição.
E as histórias tinham que ser aprendidas de cor
e transmitidas de boca em boca, de geração em geração,
pois, como muitos outros velhos povos do mundo,
os iorubás antigos não conheciam a palavra escrita.
Na língua iorubá dos nossos dezesseis príncipes
havia uma palavra para se referir a eles.
Eles eram chamados de odus,

que poderíamos traduzir como portadores do destino.
Os príncipes odus colecionavam as histórias
dos que viveram em tempos passados,
sendo cada um deles responsável por um determinado assunto.
Assim, o odu chamado Oxé sabia todas as histórias de amor.
Odi sabia as histórias que falavam de viagens, negócios e guerras.
Ossá sabia tudo a respeito da vida em família e da maternidade,
E assim por diante.
As histórias falavam de tudo o que acontece na vida das pessoas,
de aspectos positivos e negativos,
pois tudo tem o seu lado bom
e o seu lado ruim.

Quando uma criança iorubá nascia,
um dos dezesseis odus passava a cuidar de seu destino,
de modo que na vida da nova criatura
se repetiriam as histórias contadas pelo príncipe
que era o seu odu, o padrinho de seu destino.
Sim, cada criança nascida naquele país tinha um odu protetor
e esse odu a acompanhava pela vida afora, era seu destino.
E tudo o que lhe acontecia estava previsto nas histórias
que o príncipe protetor gostava de contar.
Não era incomum um menino dizer aos amiguinhos:
"Sou afilhado do príncipe Ejiobê
e por isso vou ser muito inteligente e equilibrado."
"Meu odu é o príncipe Ocanrã e por isso sou assim esperto",
gabava-se, orgulhoso, outro moleque.
"O odu que rege o meu destino é Odi
e eu vou ser um guerreiro valente e vitorioso",
falava um terceiro menino, sonhando com um destino venturoso,

INTRODUÇÃO

já se sentindo o maioral da criançada.
Por isso, chamamos os odus de príncipes do destino.

Bem, formavam o time completo dos odus
os príncipes Ocanrã, Ejiocô, Etaogundá e Irossum,
mais Oxé, Obará, Odi e Ejiobê,
além de Ossá, Ofum, Ouorim e Ejila-Xeborá
e também Ejiologbom, Icá, Oturá e Oturopom.
Fazendo um pequeno comentário,
os tais príncipes tinham nomes bem esquisitos, não é?
Mas só porque são nomes africanos e nós somos brasileiros.
Sendo assim, nossos ouvidos não estão acostumados com eles.
Cada povo tem sua língua
e cada língua tem seus sons e suas palavras.
Quem fala uma língua acha os sons de outra esquisitos.
Se contássemos uma história semelhante a esta
para crianças africanas e disséssemos que nossos heróis
eram chamados de Francisco, Vinícius, Pedro e Joaquim,
elas iam achar os nomes muito estranhos,
como nós achamos fora do comum os delas.

Entre os dezesseis príncipes do destino,
Ejila-Xeborá talvez fosse o odu mais invejado,
pois aqueles que tinham a vida regida por ele
estavam fadados a agir com justiça e conhecer o sucesso,
desde que não fizessem nenhuma besteira, evidentemente.
Já o odu Obará só sabia falar de coisas tristes,
como as histórias dos que são roubados,
dos que perdem bens materiais,
dos que não conseguem realizar até o fim nada de bom,

sempre envolvidos em fracasso e frustração.
Por isso, ninguém gostava de conversar com Obará,
pois lá ia ele contando aquelas histórias infelizes,
e por isso mesmo o chamavam de Príncipe Infeliz.
E é claro que ninguém queria ter Obará, coitado,
como padrinho de algum filho seu.

Acima dos dezesseis príncipes odus
estava o Senhor do Destino,
o deus que os iorubás chamavam de Ifá.
Os antigos iorubás cultuavam muitos deuses,
que eles chamavam de orixás,
e cada orixá cuidava de um diferente aspecto do mundo.

Ifá era o orixá do destino, o mestre do acontecer da vida,
e os odus trabalhavam para ele.
Ifá vivia no Céu dos orixás, que era chamado de Orum.
De lá, ele comandava os príncipes odus.
Os odus orientavam o destino dos seres humanos,
mas Ifá os vigiava com muita atenção,
para que tudo saísse como deveria ser,
na vida de cada homem,
na vida de cada mulher,
fosse um velho,
fosse um adulto,
fosse uma criança.

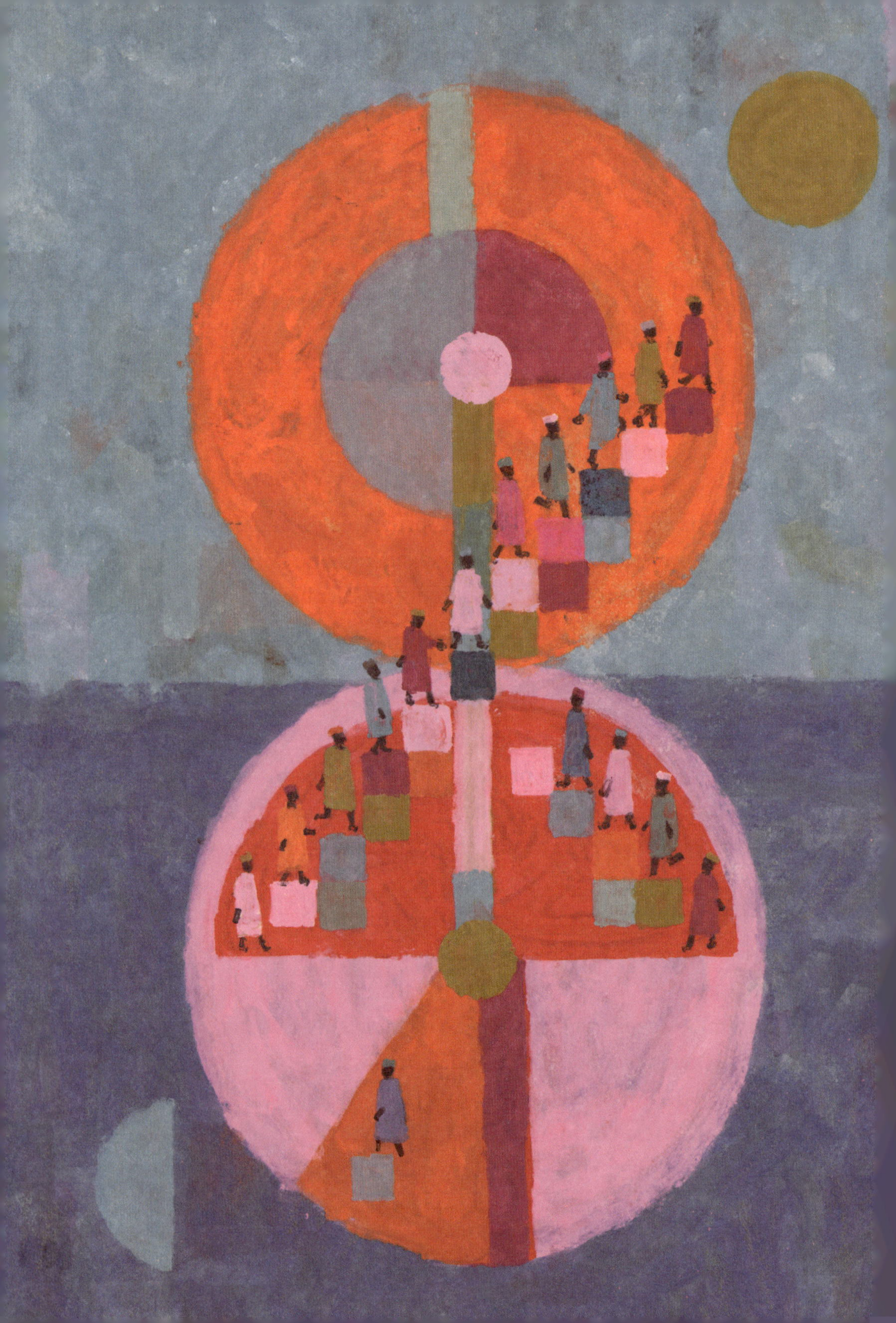

PRIMEIRA REUNIÃO

Os príncipes do destino contam histórias no Céu

Um dia, desejoso de saber como ia a missão
que ele tinha atribuído aos dezesseis príncipes do destino,
Ifá os convocou para comparecerem à sua casa no Céu.
Ifá queria saber de tudo o que acontecia na Terra,
queria ouvir todas as histórias reunidas pelos odus.
Os príncipes adoraram o convite,
pois depois de contarem todas aquelas histórias
que aconteciam na terra dos homens e das mulheres,
Ifá mandaria servir o mais precioso dos banquetes,
com todo tipo de comida e bebida que se possa imaginar,
como era o costume em ocasiões festivas.
Bastou chegar a convocação de Ifá
e os odus logo se reuniram com grande animação,
uns avisando os outros do encontro.

E lá foram os dezesseis príncipes do destino à casa de Ifá.
Lá foram Ocanrã, Ejiocô, Etaogundá e Irossum,
mais Oxé, Odi, Ejiobê e Ossá,
acompanhados de Ofum, Ouorim e Ejila-Xeborá
e também de Ejiologbom, Icá, Oturá e Oturopom.
Lá foram, naquele dia, os dezesseis odus à casa de Ifá.

Opa! dezesseis não, quinze.
Falta um nessa lista aí.
Sim, um dos dezesseis odus não estava com os demais.
Estava faltando o príncipe Obará.
Como ninguém gostava do Príncipe Infeliz,
ninguém o avisou daquela reunião.
Afinal, ele só falava de desgraças, de pobreza,
miséria, riquezas perdidas, traições.
Ninguém gostava da companhia dele,
nem mesmo seus quinze irmãos.
Então ninguém se lembrou de chamar Obará.

Chegando eles à casa de Ifá,
a reunião celeste começou normalmente.
Falaram disso e daquilo,
narraram velhas e novas histórias,
contaram e ouviram casos interessantes,
riram, se divertiram, caçoaram uns dos outros,
todos ansiando pelas delícias do banquete de encerramento.
Nem podiam esperar o delicioso momento.
Foi então que Ifá perguntou:
"Ouvi hoje contar muitas histórias,
mas só ouvi contar histórias de ganhadores,
de pessoas sadias, ricas, amadas e contentes.
E nada aconteceu de perdas materiais, roubos, bancarrotas?
Ninguém tem nada a me contar sobre aqueles
que sofreram esses dolorosos e indesejados golpes da vida?
Que fale Obará, pois é assunto dele."
Mas, se dando conta de que havia algo errado,
Ifá perguntou, intrigado, perscrutando a audiência:

PRIMEIRA REUNIÃO

"Mas cadê o príncipe Obará, onde ele está?"
Os odus olharam uns para os outros,
sem jeito, desconcertados e temerosos.
Fez-se um silêncio constrangedor,
até que o odu Ocanrã,
que era sempre o primeiro a falar,
de cabeça baixa, pedindo ao orixá Exu
que o ajudasse numa boa explicação,
ousou dizer:
"O nosso sábio senhor Ifá há de nos perdoar,
mas esquecemos de trazer conosco Obará,
nosso tristonho irmão que assiste os perdedores."
Ifá ficou muito irritado com tal descaso.
Afinal, o Príncipe Infeliz também era importante,
pois não existe felicidade sem sofrimento,
nem riqueza sem miséria,
nem saúde sem doença,
nem vitória sem derrota,
nem amor sem abandono,
e assim por diante.
Ou os odus trabalhavam todos juntos,
ou não eram nada.
Falar da vida do homem sem falar de seus momentos ruins
era querer falsear a realidade, asseverou Ifá.

Ifá determinou que a partir de então
todos os odus deveriam vir juntos à sua casa,
a cada dezesseis dias,
para contar todas as histórias já acontecidas,
até que se completassem dezesseis reuniões,

a contar daquela que ora se encerrava.
A cada dezesseis dias ele queria ver os dezesseis odus,
sem que faltasse nenhum deles.
"E que não falte nem mesmo Obará", ordenou.

Como punição por terem se esquecido de trazer o irmão,
Ifá resolveu que não ia oferecer aos príncipes do destino
o delicioso banquete que havia sido preparado.
Que se retirassem sem comer, pois.
"Ah!", foi o lamento de surpresa e frustração
que os quinze odus deixaram escapar em uníssono.
Mas para que não morressem de fome no caminho de volta,
e para que ninguém dissesse que ele era um velho sovina,
Ifá disse que daria a cada um deles uma abóbora.
E deu por encerrada a reunião.

Os príncipes pegaram suas abóboras,
agradeceram, despediram-se com muita reverência
e muitos pedidos de desculpas
e foram tomando o caminho de casa,
um atrás do outro,
tendo à frente o príncipe Ocanrã.

Mas esta história não acaba aqui,
e quem quiser conhecer seu fim tem que continuar a leitura
para saber o que foi falado na segunda reunião,
na qual o próprio Obará contou a todos os presentes
sobre o justo desfecho deste caso.

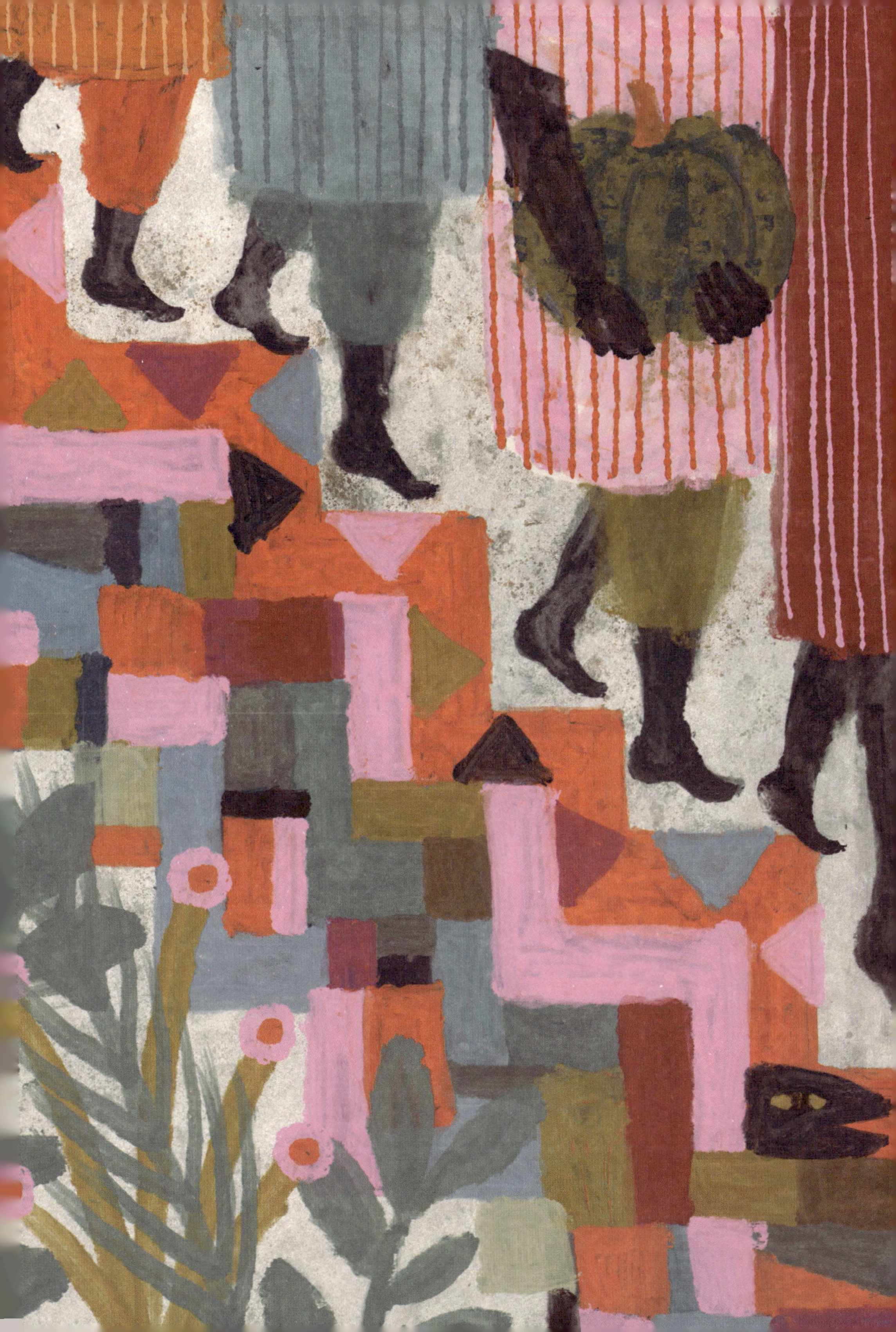

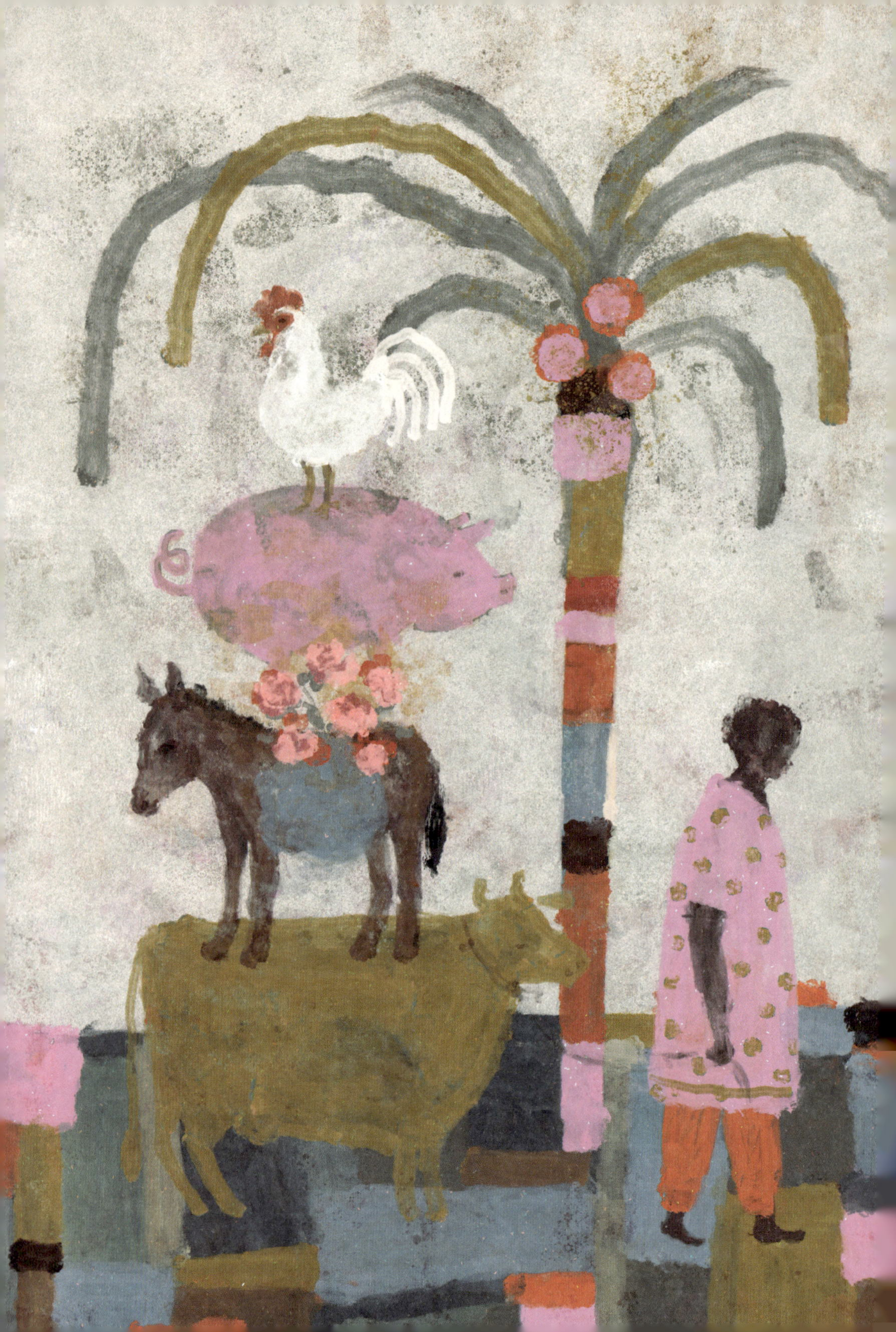

SEGUNDA REUNIÃO

O Príncipe Infeliz e as abóboras desprezadas

Ifá morava no Orum, o Céu dos orixás,
mas os odus viviam perto do Aiê, o mundo dos humanos.
Depois da primeira reunião na casa de Ifá,
que havia sido tão desastrosa,
os príncipes do destino seguiram o caminho para o Aiê.
Todos menos Obará, que não tinha ido ao Orum,
porque seus quinze irmãos se esqueceram de levá-lo.
Talvez o tivessem esquecido de propósito,
uma vez que Obará só falava de coisas ruins,
além de ser pobre e não ter alegrias na vida,
o que lhe valera o epíteto de Príncipe Infeliz.

Cada um levava nas costas a abóbora dada por Ifá.
E, como nenhum deles gostava de abóbora,
o peso do fruto só lhes dava cansaço e mau humor.
Estavam chegando ao seu país e a fome apertava,
mas abóbora eles não iam comer. Ah, isso não!
Alguém, então, se deu conta de que estavam já
bem perto da casa de Obará.
"Vamos comer na casa de Obará?", alguém propôs.
"Alguma coisa melhor que abóbora nosso amado irmão

há de ter em sua mesa, assim espero", completou outro odu.
Saíram todos correndo para a casa do Príncipe Infeliz,
levando cada um sua abóbora nas costas,
pois não iam largar na estrada um presente de Ifá,
mesmo que não apreciassem nada seu sabor.

Foram acolhidos com grande alegria por Obará.
Obará nunca recebia ninguém,
ninguém o visitava.
Ao contrário, todos o evitavam.
E de repente, sem nenhum aviso,
os seus quinze irmãos entravam em sua casa.
Que alegria, que contentamento!
"Vejo que vindes de longe,
estais cansados", disse Obará
depois de abraçar cada um dos irmãos.
"Imagino que estais famintos."
Ordenou às mulheres da casa que trouxessem
água fresca e panos limpos em grande quantidade.
"Lavai-vos dessa poeira da estrada
e depois vamos comer, vamos festejar."

Obará era pobre e o que tinha de comida em casa
nem daria para alimentar os ratos que fuçavam na despensa.
Mas a alegria de ter os irmãos em casa era incontida.
Ordenou à esposa que fosse correndo ao mercado,
que tomasse dinheiro emprestado,
que pedisse fiado,
e que comprasse tudo o que pudesse agradar ao paladar
de um príncipe faminto, porém exigente.

SEGUNDA REUNIÃO

Coitado de Obará, ia ficar ainda mais pobre,
mais endividado, mais enrascado na vida.
Era assim o destino de Obará,
era essa a sina dos afilhados desse príncipe do destino.
Perdiam tudo, mas não aprendiam nunca,
sempre se metendo em novos apuros e apertos.

E então lá se foi a mulher de Obará ao mercado,
de onde voltou acompanhada de muitos ajudantes
carregados de cabritos, leitões e frangos.
Traziam também balaios de inhame, feijão e farinha,
potes de azeite de dendê, porções de sal, vasilhas de pimenta,
postas de peixe e peneiras de camarão,
garrafas de vinho, litros de cerveja.
E o banquete que foi preparado e comido
nunca mais seria esquecido por ninguém do lugar.
Os príncipes comeram até se fartar,
comeram bem como nunca tinham comido antes.

Terminada a comilança, os odus despediram-se do irmão
e prometeram voltar outras vezes,
pois comida deliciosa e farta como aquela não havia.
De barriga cheia como estavam então,
não deram conta de levar suas desprezíveis abóboras
e as largaram todas abandonadas no quintal de Obará.

Os príncipes partiram e Obará ficou sozinho.
Sua mulher limpando os restos da principesca comilança,
as abóboras abandonadas abarrotando o quintal,
e os credores já ameaçando bater à sua porta.

Quando no dia seguinte todos os mercadores do lugar
se recusaram a vender fiado a Obará o que quer que fosse
antes que ele pagasse o que devia,
faltou de novo comida na mesa de Obará.
Conformado, ele disse à mulher:
"Vamos comer abóbora."
Foi até o quintal onde os príncipes abandonaram as abóboras
e com a faca partiu uma que lhe parecia bem madura.
A abóbora estava recheada de pepitas de ouro!
Obará, boquiaberto, abriu a segunda abóbora:
no lugar das sementes, diamantes, enormes.
A outra trazia pérolas e a seguinte, esmeraldas.
Obará estava enlouquecido.
Ele gritava, dançava, gargalhava,
abraçava a mulher
e ia abrindo as abóboras.

Foi assim que Obará se transformou
no mais rico dos príncipes do destino,
e ele gosta muito de contar essa sua história.
Foi assim que Obará se transformou
no mais respeitado, invejado e querido
de todos os viventes de sua terra,
o mais desejado de todos os padrinhos.
Todos os pais e mães querem que seus filhos
tenham Obará como seu odu.
Nunca mais ele foi chamado de Príncipe Infeliz.
Pois o odu Obará é o odu da riqueza inesperada.
Suas histórias agora falam também de prosperidade,
de muito dinheiro e bem-estar material,

contam de ganhos, conquistas, vitórias
e finais felizes.
Mas para alcançar tamanho sucesso,
além da proteção do padrinho Obará,
é preciso ter o coração bom
(ou, como dizem alguns,
ter o juízo um pouco mole),
como tem Obará.

Foi o próprio Obará que, com muita alegria,
contou essa história na segunda reunião com Ifá,
tendo sido ajudado pelo príncipe Ejiocô,
que enfatizava as passagens mais interessantes.
Seus irmãos permaneceram quietos e cabisbaixos
enquanto Obará se divertia com a narrativa.
Mas ao final, quando o banquete foi servido,
um grande contentamento voltou a tomar conta de todos
na casa celeste de Ifá.

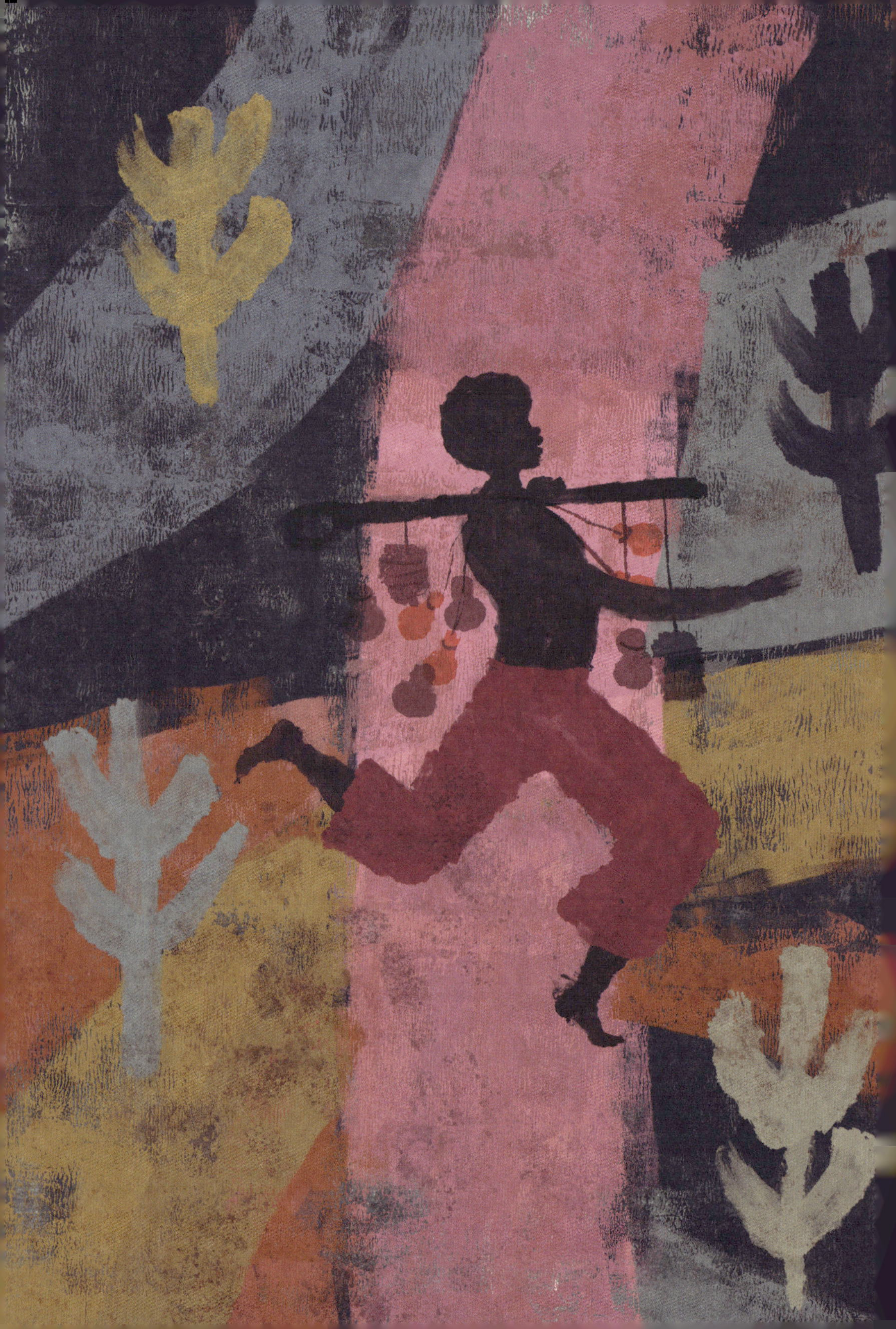

TERCEIRA REUNIÃO

O mensageiro e as vacas que pastavam no telhado

Conforme tinha determinado Ifá,
no décimo sexto dia depois da reunião
em que Obará contara a história das abóboras,
os dezesseis senhores do destino se juntaram
e partiram de novo em direção ao Céu dos orixás.
Era a terceira reunião na casa de Ifá, no Orum,
e quem mais falou foi Ejila-Xeborá, ajudado por Etaogundá.
A história que mais chamou a atenção tratava das artimanhas
de um certo mensageiro muito popular de nome Exu.
Antes de contar a história, porém,
valeria a pena sabermos um pouco mais
sobre esse interessante personagem.

Naqueles tempos da África antiga,
como gosta de contar o príncipe Ocanrã,
um mensageiro iorubá se tornou muito famoso
por suas artimanhas
e pelas peças que pregava
em quem quer que fosse.
Seu nome era Exu
e sua profissão era a de levar mensagens,

trazer recados e recomendações
e ser o portador de mercadorias e presentes
de tudo quanto é espécie.
Ganhava um bom dinheiro Exu,
pois nunca trabalhava de graça,
exigindo sempre pagamento adiantado.
Apesar do dinheiro que ganhava,
Exu não tinha casa.
Vivia pelas ruas e estradas,
dormia nas encruzilhadas.
Exu estava sempre em movimento,
sempre para lá e para cá,
levando e trazendo objetos e palavras.

Pois bem, contou Ejila-Xeborá,
havia um homem que se chamava Babalequê,
que vivia contando vantagem,
inventando grandes lorotas
e propalando proezas fantasiosas.
Era potoca demais,
era muita gabolice.
O falastrão não se continha nunca.
Bastava conversar com ele, dar-lhe corda,
e lá vinha uma de suas bravatas impagáveis.
Sua fama de mentiroso era tão grande
que um dia o rei mandou chamar Babalequê
e lhe disse que parasse com aquela mentirada.
A má fama do falador
já tinha ultrapassado as fronteiras do reino,
fazendo rir os vizinhos, dele e de seu povo,

para vergonha e desgosto do rei.
Babalequê não se deu por vencido.
E disse que era tudo invenção de seus inimigos.
As suas histórias eram genuínas,
suas proezas eram as mais verdadeiras.
Ele disse ao rei:
"Infelizmente sempre tem um invejoso a me perseguir.
Outro dia plantei uns inhames cozidos
e quando eles brotaram
foram dizer que era mentira.
Como mentira, se estava tudo lá
para quem quisesse ver?"
O rei ficou furioso com a audácia de Babalequê.
Que atrevimento,
contar uma mentira dessas para o rei!
E sem sequer ficar vermelho.
O rei então falou:
"Amanhã de manhã nos reuniremos em minha roça
e lá tu plantarás inhames previamente cozidos.
Se os inhames não brotarem no prazo devido,
perderás a tua cabeça."
E dispensou o falador:
"Podes te retirar agora."

Babalequê ficou desesperado, e agora?
"Ai de mim, já sou um homem morto",
choramingou, desamparado.
Mas, como não era homem de se entregar facilmente,
foi ao mercado e comprou algumas coisas.
Saiu então à procura de Exu,

que encontrou descansando numa encruzilhada,
vindo de uma entrega que fizera num lugar distante.
Com um sorriso ardiloso ele abordou o Mensageiro:
"Meu compadre querido, percebo que estás cansado.
Vens de longa viagem e deves estar com fome.
Vem dividir comigo este almoço."
Sabendo que Exu era guloso
e que jamais recusava uma suculenta refeição,
ele tinha comprado uma boa porção de carne de cabrito
refogada no azeite de dendê com muita pimenta,
acompanhada de inhame assado e farofa,
além de uma garrafa de aguardente
e uma quartinha de água fresca.

Exu não se fez de rogado e se fartou.
Comeu e lambeu os beiços.
Aí Babalequê contou que o rei o obrigava
a plantar inhames cozidos,
tudo por causa da intriga alheia,
e que se os tubérculos não brotassem,
ele teria sua cabeça decepada.
"Ai de mim, já sou um homem morto",
choramingou Babalequê, desamparado.
Exu, que tinha apreciado muito o almoço,
encorajou o amigo:
"Tudo na vida tem uma saída, amigo.
Podes contar comigo."

Na manhã seguinte, na presença do rei
e com a companhia discreta de Exu,

TERCEIRA REUNIÃO

Babalequê abriu uma cova rasa na roça real
e depositou nela alguns tubérculos de inhame
que a cozinheira do palácio já tinha cozinhado.
Nesse instante, Exu começou a gritar:
"Olhem as vacas no telhado!
Olhem as vacas no telhado do rei."
Todos se voltaram na direção do palácio,
dando as costas para a plantação,
e contemplaram, surpresos, uma visão soberba.
Muitas vacas estavam em cima da casa do rei,
de pé no telhado de sapé,
pastando com a maior tranquilidade.
Durante alguns minutos de fascinação,
enquanto todos estavam absortos,
contemplando a espantosa cena,
Babalequê abriu a cova e trocou os inhames cozidos
por inhames frescos e fecundos,
conforme Exu o tinha antes instruído.

Dias depois, sob a vigilância dos guardas reais,
que dali não arredaram pé,
os inhames brotaram verdes e viçosos.
O rei não teve outro jeito e libertou Babalequê.
Mais que isso,
acompanhando os pedidos de desculpa,
deu a ele uma grande recompensa em ouro.

Babalequê foi se encontrar com Exu na encruzilhada.
Agradecendo pela ajuda,
deu-lhe uma boa parte do prêmio que recebera

e então perguntou ao Mensageiro:
"Meu caro, como foi que colocaste
aquelas vacas todas pastando no telhado?"
Exu respondeu:
"Que vacas no telhado, meu amigo?
Que história maluca é esta?
Já estás de novo a contar as tuas mentiras?"
E foi-se embora morrendo de rir.

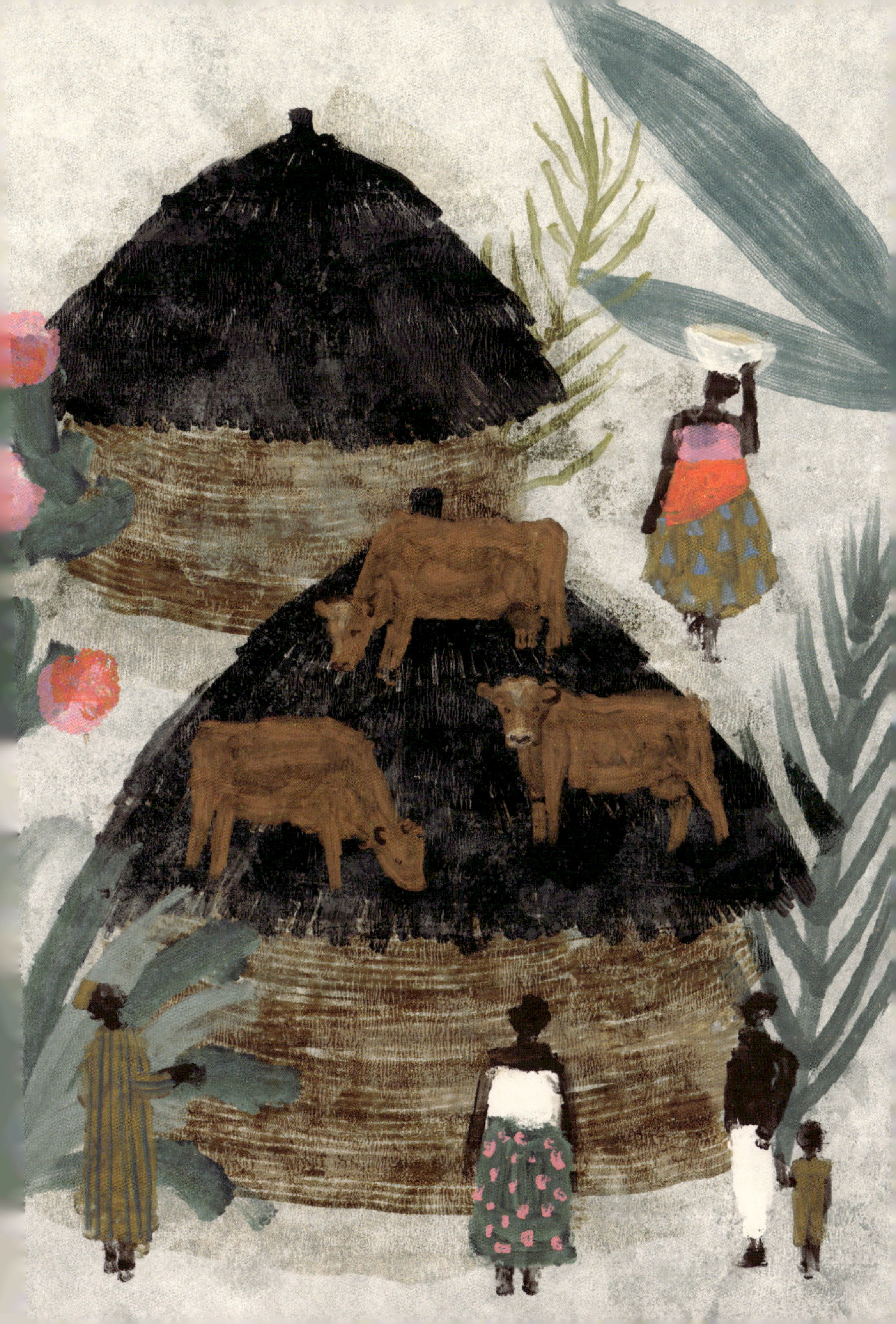

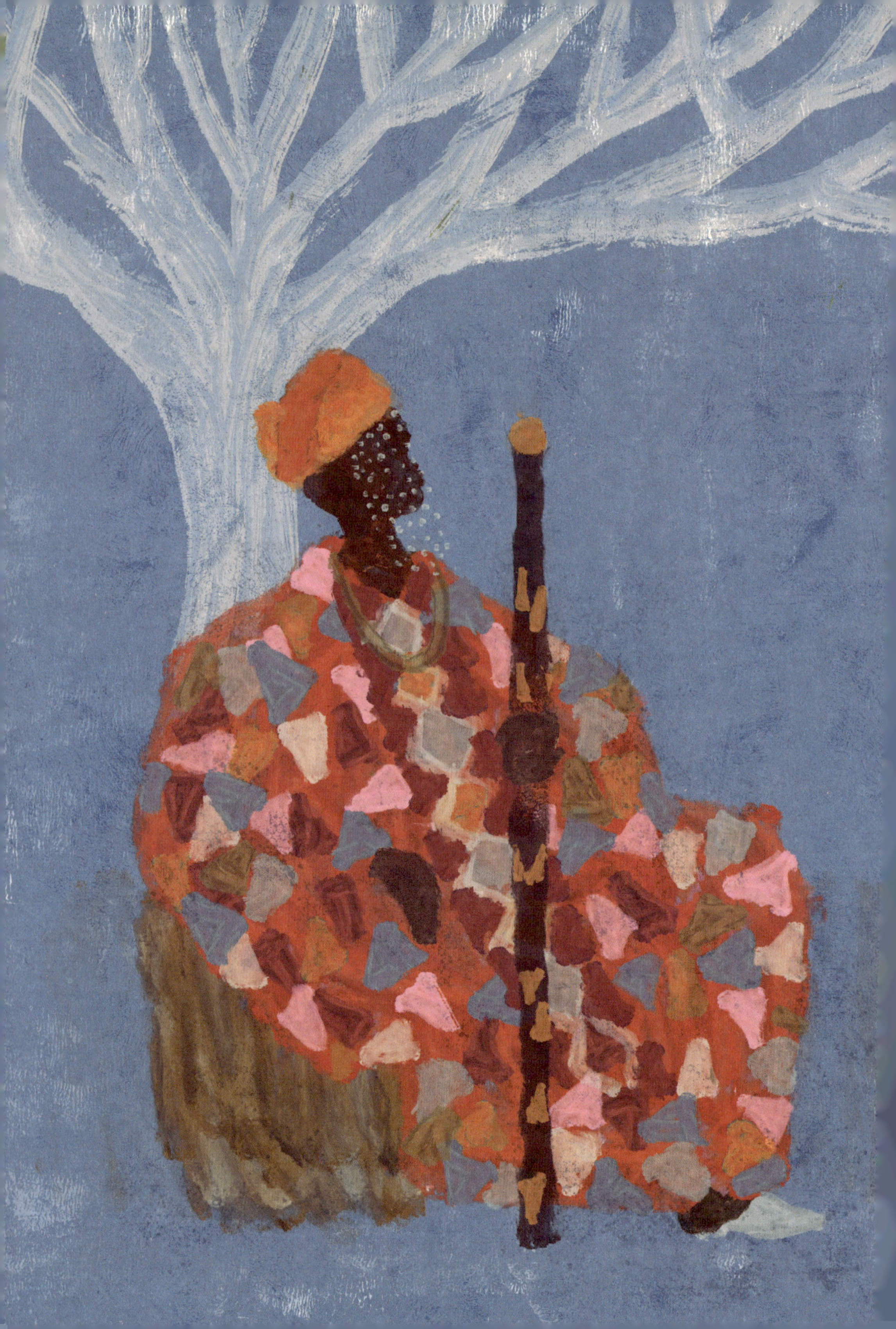

QUARTA REUNIÃO
O escravo que guardou os ossos do príncipe

Havia um escravo chamado Odedirã,
que vivia perseguido pelo seu senhor.
Odedirã um dia ganhou um pintinho de um vizinho.
Ele o criou até que se tornasse uma galinha.
A galinha pôs ovos e os chocou.
Nasceram muitos pintinhos que Odedirã criou.
A criação de galinhas foi crescendo.
Um dia, voltando da roça, ele encontrou
todas as suas galinhas e todos os seus galos mortos.
O seu senhor disse: "Tu és escravo ou dono de uma granja?"
Odedirã ficou tristíssimo, mas não disse nada.
Limpou os frangos mortos,
salgou e defumou a carne e a guardou.

Um dia, ele ganhou uma cabritinha.
A cabritinha cresceu e se tornou uma bela cabra,
que deu muitos filhotes.
A criação de cabras foi crescendo.
Um dia, voltando da roça, encontrou
todas as suas cabras e todos os seus cabritos mortos.
O seu senhor disse: "Tu és escravo ou fazendeiro?"

Odedirã ficou tristíssimo, mas não disse nada.
Limpou os animais mortos,
salgou e defumou a carne e a guardou.

Quando veio a seca e faltou comida em seu país,
Odedirã vendeu as carnes defumadas e guardou o dinheiro.
Um dia, voltando da roça,
encontrou o seu senhor muito bem-vestido.
Ele comprara ricas roupas, sapatos finos e belas joias.
O escravo percebeu com que dinheiro tudo havia sido comprado,
quando o seu senhor lhe disse:
"Tu és escravo ou banqueiro?"
Vendo a tristeza do escravo, o senhor disse:
"Comprei para ti este monte de ossos.
Quem sabe tu não começas uma fábrica de botões
e te transformas num industrial?
Pois parece que escravo tu não queres ser."
Odedirã nada respondeu e guardou os ossos.

Logo, logo, passaram por ali emissários do rei.
Uma grande desgraça se abatera sobre o reino.
O príncipe herdeiro havia morrido
e, se isso não bastasse, mercenários sem escrúpulos
tinham roubado o esqueleto do príncipe morto.
Os soldados procuravam os ossos por todo o país,
será que alguém sabia dos despojos principescos?

Odedirã foi para dentro e voltou com uma caixa.
"Aqui estão os restos de nosso amado príncipe", disse ele.
"Foram abandonados aqui por ladrões em fuga", completou.

QUARTA REUNIÃO

O rei ficou muito grato pela recuperação do esqueleto do filho.
Os ossos foram enterrados na capital do reino
com todas as solenidades funerárias costumeiras.
Odedirã e seu senhor foram levados aos funerais
como convidados especiais, como salvadores da pátria.
Ao final da cerimônia, o rei libertou o escravo Odedirã,
adotou-o como filho e o declarou seu príncipe herdeiro.
Odedirã deu um pouco de dinheiro ao seu antigo senhor
para que ele voltasse para casa e disse-lhe:
"Quando eu era teu escravo, só para me roubar,
vivias perguntando o que eu era.
Mas nunca soubeste o que eu queria ser.
Eu não queria ser dono de granja,
não queria ser fazendeiro nem banqueiro.
Muito menos industrial.
Eu só queria ser rei."
E entrou no palácio abraçado com o pai adotivo.

Conforme contou Ejiologbom, em parceria com Irossum,
pouco antes do banquete
da quarta reunião na casa celeste de Ifá.

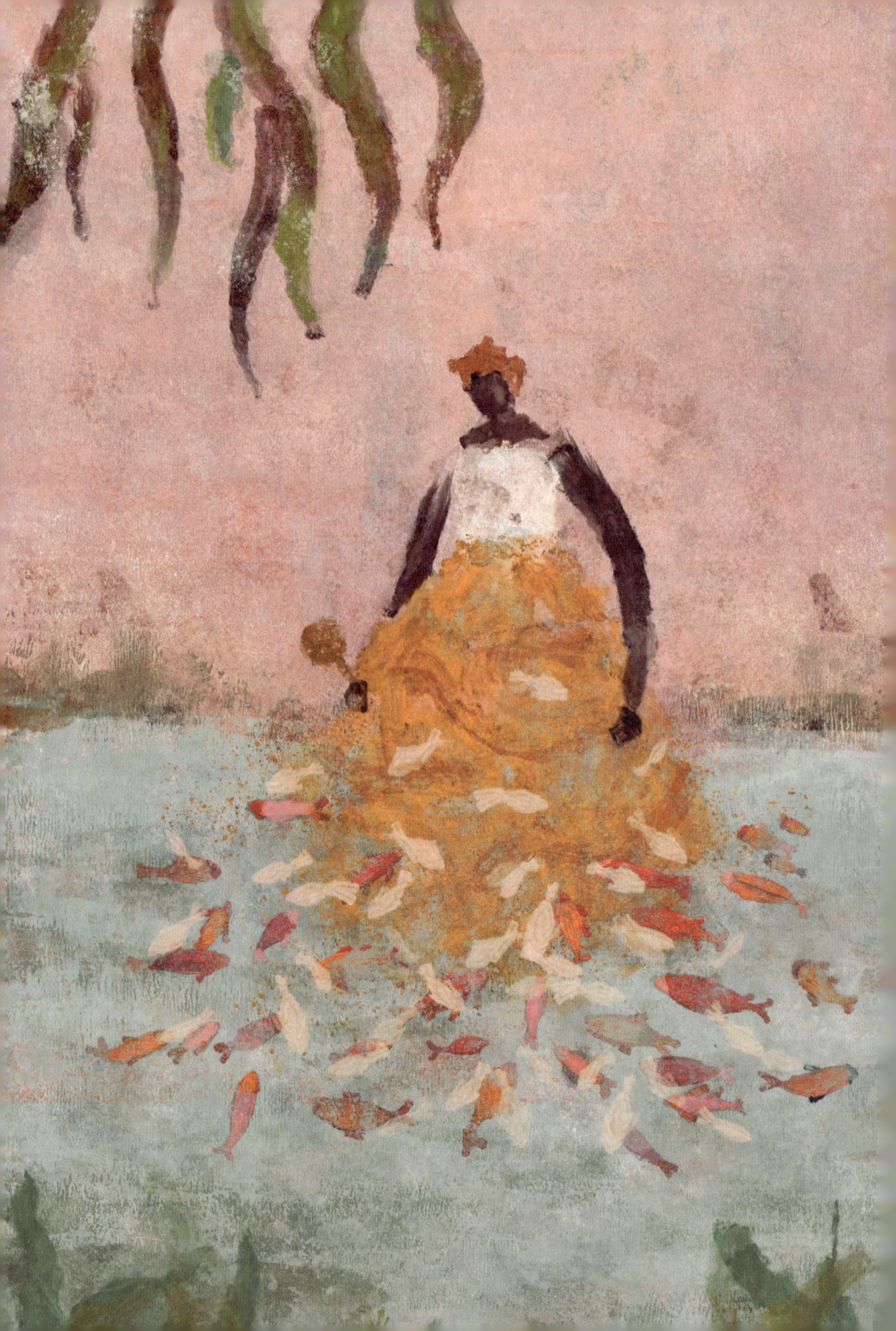

QUINTA REUNIÃO

A mãe do rio exige o pagamento da promessa

Um rei guerreiro avançava rumo à guerra,
quando viu seu caminho impedido
por um rio de águas revoltas.
O rei se dirigiu às águas, com humildade e respeito,
e pediu que a agitação da corrente se acalmasse
para que pudesse atravessar o rio com seus exércitos.
Prometeu trazer preciosa oferenda para Oxum, a mãe do rio,
o espírito que habitava aquelas águas revoltas.
Oxum aceitou a oferta do guerreiro
e serenou suas águas turbulentas.
O rei atravessou o rio a vau com seus homens,
enfrentou seus inimigos
e venceu a guerra.

O rei mandou entregar então preciosos presentes a Oxum:
arcas repletas de objetos de ouro e cobre,
inigualáveis vestes de tecidos dourados do Oriente,
colares de diamantes, pérolas e búzios da costa,
comidas e bebidas saborosíssimas.
Mas Oxum não ficou satisfeita com as dádivas do rei.
Ela queria Preciosa, a princesa.

Era assim que se chamava a filha do rei: Preciosa.
Foi este o presente que Oxum entendeu que o soberano lhe daria.
Ele lhe dissera exatamente: preciosa oferenda.
Pois então, Oxum queria Preciosa, a princesa.

Quando o rei teve que atravessar de volta o rio,
mais enfurecidas estavam as corredeiras de Oxum.
E o rei não teve outra saída.
Para poder voltar ao seu país e ao seu povo,
que dele tanto precisava e dependia,
ele teve que entregar Preciosa à mãe do rio.
Senão, não passaria.
Oxum criou a menina e fez dela a mais bela cachoeira
que se pode encontrar em todo o reino das águas doces de Oxum.

Foi uma das mais belas histórias de Oxé
contadas na quinta reunião dos odus na casa de Ifá.

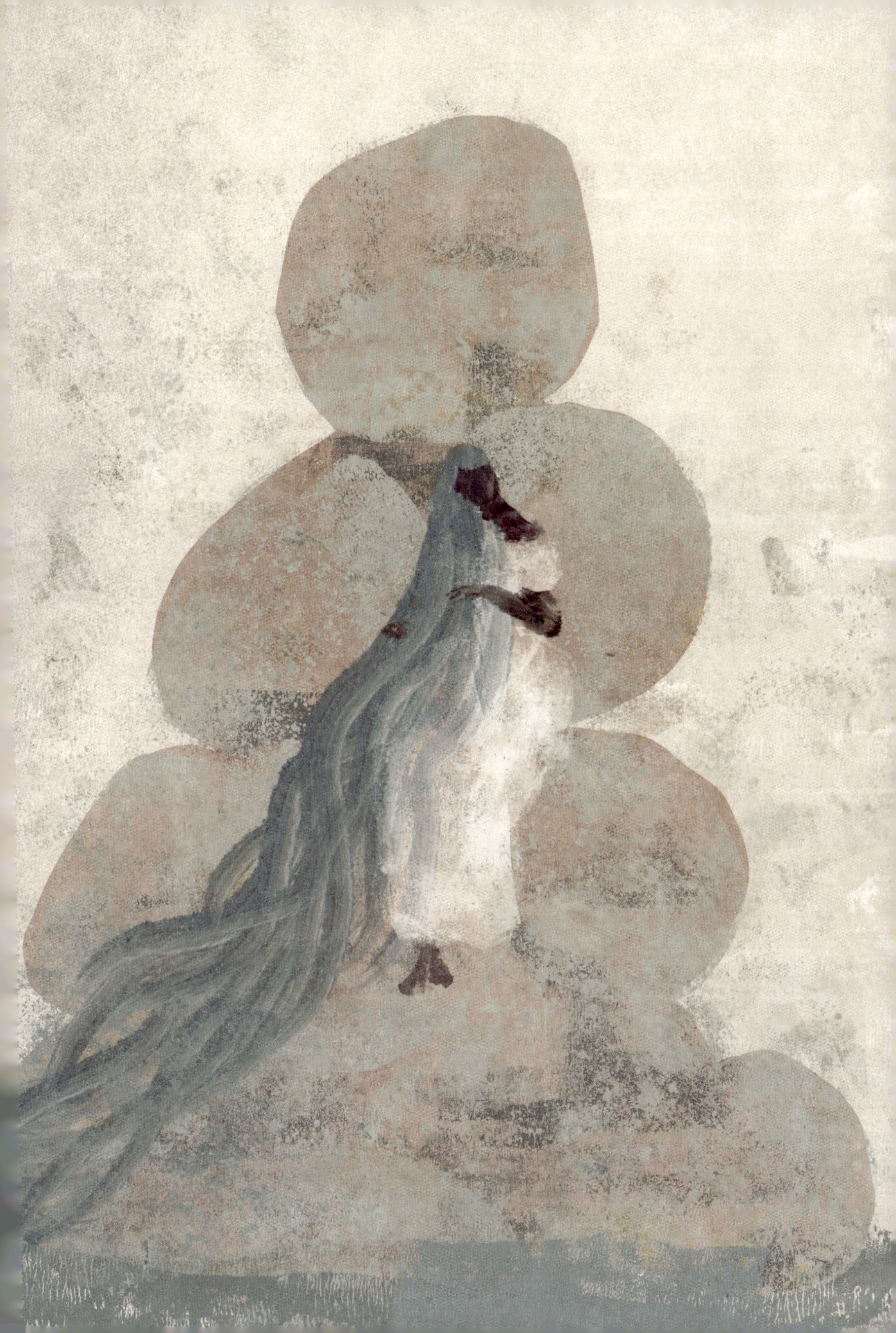

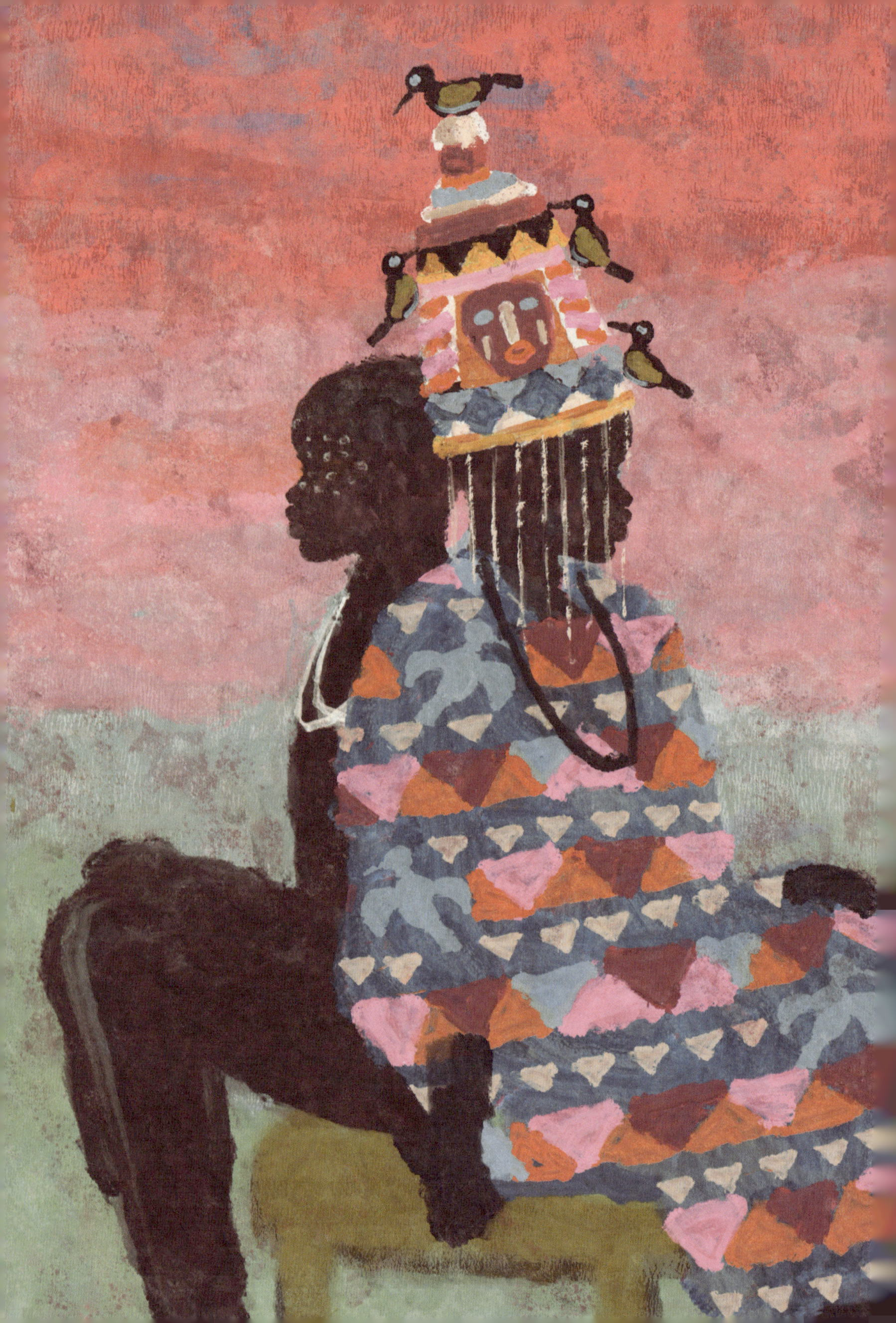

SEXTA REUNIÃO

O miserável que acabou ficando rico

Ninguém era mais pobre que Babatogum,
mas também ninguém era mais atrevido do que ele.
Quando os príncipes do destino se juntaram
na casa de Ifá para seu sexto encontro,
contou o príncipe Ocanrã, juntamente com o príncipe Obará,
que Babatogum, sem razão aparente, um dia
pôs-se a andar pela praça da cidade feito um desvairado,
falando mal de todas as pessoas respeitáveis do lugar.
Dizia que ninguém era capaz de nenhum gesto digno.
Que eram todos, no fundo, fracos e incapazes.
Proclamava que muitos tinham dinheiro, sim,
mas que ninguém tinha poder suficiente
nem para mudar a vida de um mendigo.
Ridicularizava todo mundo, não poupando ninguém.

Babatogum havia gastado suas minguadas economias,
que juntara de esmolas e ajutórios que lhe davam,
e comprado galinha, inhame, cebola, pimenta e dendê
para fazer um guisado delicioso,
que oferecera a Exu, o Mensageiro,
pedindo sua ajuda e proteção.

Sabia que Exu sempre socorria os que lhe faziam oferendas.
Ainda mais com uma comida deliciosa como aquela!
Então, quando o mais rico dos senhores daquela terra
passou pela praça a caminho do palácio real,
Exu o chamou e disse a ele que prestasse atenção
nas coisas que o pobretão estava dizendo a todos,
pois o que ele dizia respingava na honra do rico senhor.

Babatogum estava no auge de seu discurso.
Quando viu o milionário se aproximar,
Babatogum apontou-o com o dedo em riste
e começou a chamá-lo de inútil e incompetente.
O homem rico mandou que o pobre se calasse.
Onde já se viu um joão-ninguém
desfeitear daquele jeito um homem rico e poderoso?
"Que homem rico e poderoso?
Não vejo nenhum aqui", retrucou com desdém Babatogum.
"Não", gritava ele, "ninguém é poderoso como pensa que é".
O milionário ficou muito magoado,
pois se considerava alguém de muita importância,
capaz de alterar até mesmo os destinos do reino.
Sua vaidade estava ferida.
Então Exu cochichou alguma coisa no ouvido do ricaço
e o homem rico disse com autoridade ao mendigo:
"Vou te dar provas de meu poder, sim, senhor.
Vou te mostrar meu prestígio e minha importância.
Vou fazer-te milionário como eu."
Pegou Babatogum pelo braço e pôs-se a passear com ele pela praça.
O homem pobre e o homem rico, de braços dados.
Todo mundo que passava via e ficava impressionado.

SEXTA REUNIÃO

Se o homem que passeava com o milionário era tão seu amigo,
a ponto de andarem de braços dados, conversando com intimidade,
ele só podia ser alguém igualmente rico e importante.
No final da tarde, o homem rico despediu-se,
dizendo a Babatogum que sua vida ia mudar bem cedo,
por conta do prestígio que ele lhe transmitira.
Então vieram muitos banqueiros e comerciantes
e ofereceram crédito para Babatogum expandir os seus negócios.
Muitos homens de dinheiro quiseram fazer sociedade com ele.
E negócio aqui, negócio ali,
Babatogum acabou sendo o súdito mais poderoso do reino,
o mais rico de todos os homens daquelas paragens.

Exu acompanhou tudo de longe e adorou o final.
Quando voltava de suas intermináveis viagens,
levando encomendas e trazendo recados,
sempre passava pela encruzilhada
para comer as oferendas deliciosas
que o grato Babatogum a ele destinava.

Como essa história de Ocanrã e Obará terminou em comida,
os dezesseis príncipes do destino, esfomeados,
mais do que depressa passaram à sala dos banquetes
na casa de Ifá, no Orum.

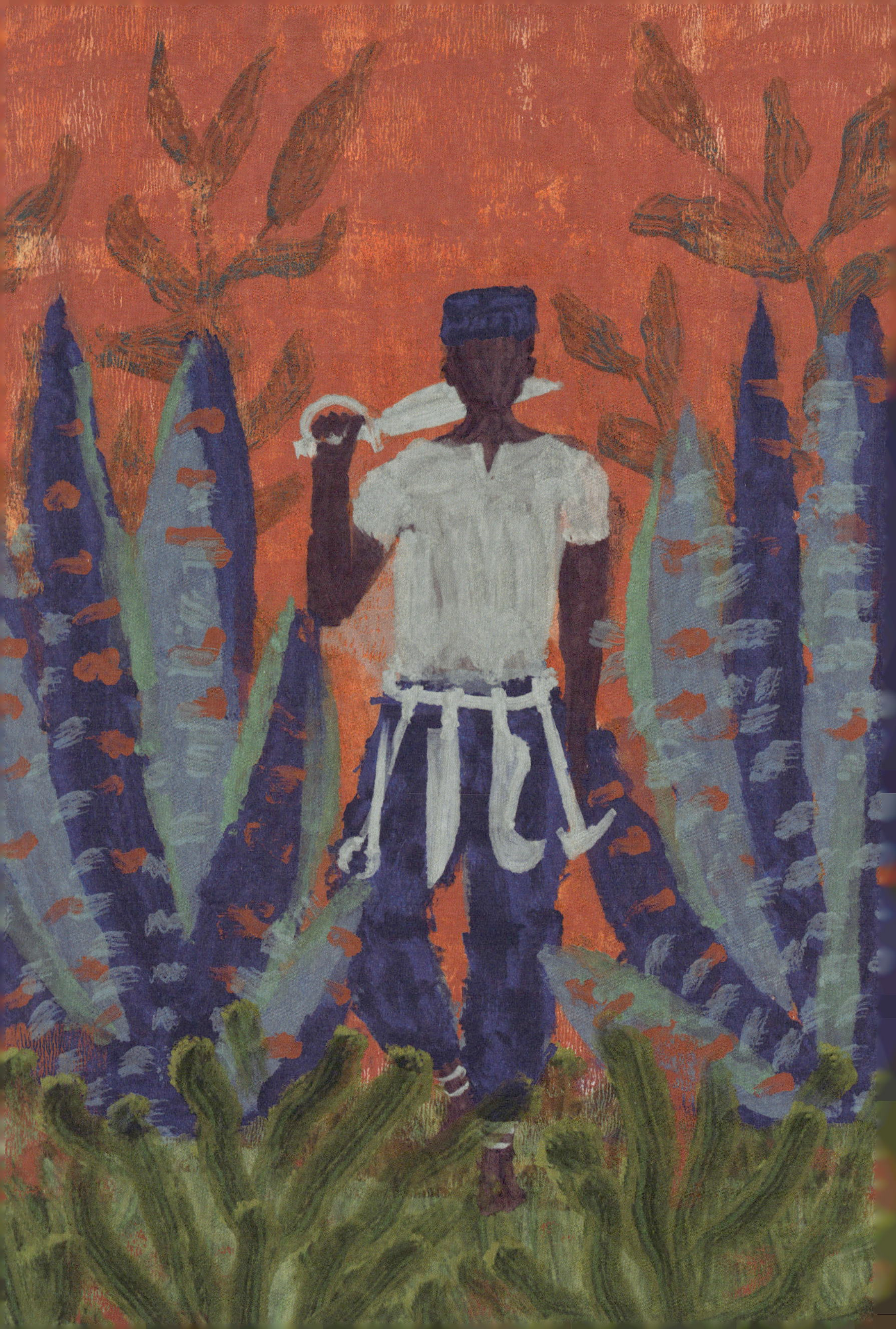

SÉTIMA REUNIÃO

O guerreiro toma o poder das mulheres

Hoje quem manda no mundo são os homens
e as mulheres têm lutado e continuam lutando muito
para conquistar independência,
para garantir seus direitos
e ter as mesmas oportunidades que os homens.
Mas o mundo não foi sempre assim.
Na sétima visita dos dezesseis príncipes do destino
ao palácio de Ifá, no Céu dos orixás,
os príncipes Ejiologbom e Odi relembraram uma história
que foi muito festejada por todos os odus,
que apreciaram muito o seu desfecho.

No começo quem mandava no mundo eram as mulheres,
e os homens eram a elas totalmente submissos.
Eram elas que faziam a política
e decidiam o destino do mundo e da humanidade.
Elas eram fortes, os homens eram fracos.
Elas mandavam, eles obedeciam.
Elas falavam alto, eles se curvavam.
Mas os homens eram muito curiosos
e viviam inventando e descobrindo coisas.

Ogum era um caçador que vivia na aldeia de Irê.
Ele ensinou a arte da caça a seu irmão Oxóssi,
que foi viver na cidade de Queto,
onde se tornou um caçador muito famoso
por ter matado o pássaro agourento de uma terrível feiticeira.
Um dia Ogum descobriu como usar o ferro
e com ele fabricar muitos instrumentos
que tornavam menos difícil a sobrevivência dos humanos.
E na sua forja ele fabricava enxadas e enxadões,
picaretas e ancinhos, facas e facões,
tudo o que era preciso para caçar e para cultivar a terra
e assim mais fartamente poder alimentar o povo.
E os homens se transformaram em agricultores
e o trabalho na terra deu força a eles,
deu-lhes músculos de ferro.

Mais que isso, descobriu Ogum.
Descobriu que os objetos de ferro que ele fabricava
tinham o poder de ajudar o homem a produzir bens,
a plantar, a colher, a caçar, como vimos.
Mas assim como a lâmina de ferro matava o bicho,
o bicho que o homem caçava para dar de comer aos filhos,
a lâmina de ferro também matava o homem.
E o homem inventou a guerra
e usou a espada de Ogum para dominar seu semelhante.
Porque tudo na vida tem o lado bom
e tem também o lado ruim.
E os homens se transformaram em guerreiros
e a guerra deu mais força ainda a eles,

SÉTIMA REUNIÃO

deu-lhes músculos de ferro,
deu-lhes nervos de aço.

Os homens se sentiam então muito poderosos,
mas as mulheres, pela tradição, ainda os dominavam.
Naquele tempo de tantas transformações,
as mulheres eram governadas por Iansã,
guerreira destemida que conhecia o segredo do fogo
e sabia como botar labaredas pela boca.
Um dia os homens decidiram tomar para si o poder
e escolheram Ogum para enfrentar Iansã
e tomar para si o domínio que as mulheres controlavam.
Ogum, o Guerreiro, aceitou a missão
e se vestiu com suas férreas armaduras de combate,
couraça, capacete e caneleiras,
e se armou de escudo, espada e lança.
Homens e mulheres viviam em mundos separados
e não havia confiança nem solidariedade entre eles.
As mulheres sempre se reuniam com Iansã numa clareira
e ali passavam horas e horas falando mal de seus maridos
e se divertindo com os castigos que a eles infligiam.
Ali elas planejavam como assustar seus esposos,
sempre que eles ameaçavam o poder feminino.
Ejiologbom não soube explicar direito,
mas disse que as mulheres, chefiadas por Iansã,
tinham um macaco vestido de gente que assustava os homens,
fazendo caretas e cenas admiráveis.

Pois lá estavam elas a conversar e a rir na clareira
quando Ogum surgiu do meio do mato vestido para a guerra.

A aparência do Guerreiro era assustadora,
pois não há neste mundo uma só pessoa
que seja capaz de encarar a guerra de frente sem tremer.
Em pânico, as mulheres se puseram de pé
e se dispersaram numa desordenada correria,
fugindo em busca de proteção.
Muitas correram tanto
que nunca mais foram vistas por ninguém.
Outras foram viver com os homens,
dos quais receberam abrigo e proteção.
Iansã tentou resistir e foi vencida por Ogum.
Mas ele não usou a espada contra Iansã,
ele se casou com ela.
Quando Ogum foi feito rei,
ele fez de Iansã sua rainha.
Desde então o poder passou a pertencer aos homens.
Mas sempre que Ogum saía para a guerra
ele levava Iansã para lutar junto a ele.

Todos os homens gostam muito dessa história.
Naquele dia, na casa celeste de Ifá,
os odus aplaudiram com frenesi a fala de Ejiologbom e Odi.
E Ifá, que também é parte do gênero masculino,
mandou servir no fim da sétima reunião
um banquete muito mais sortido e caprichado.

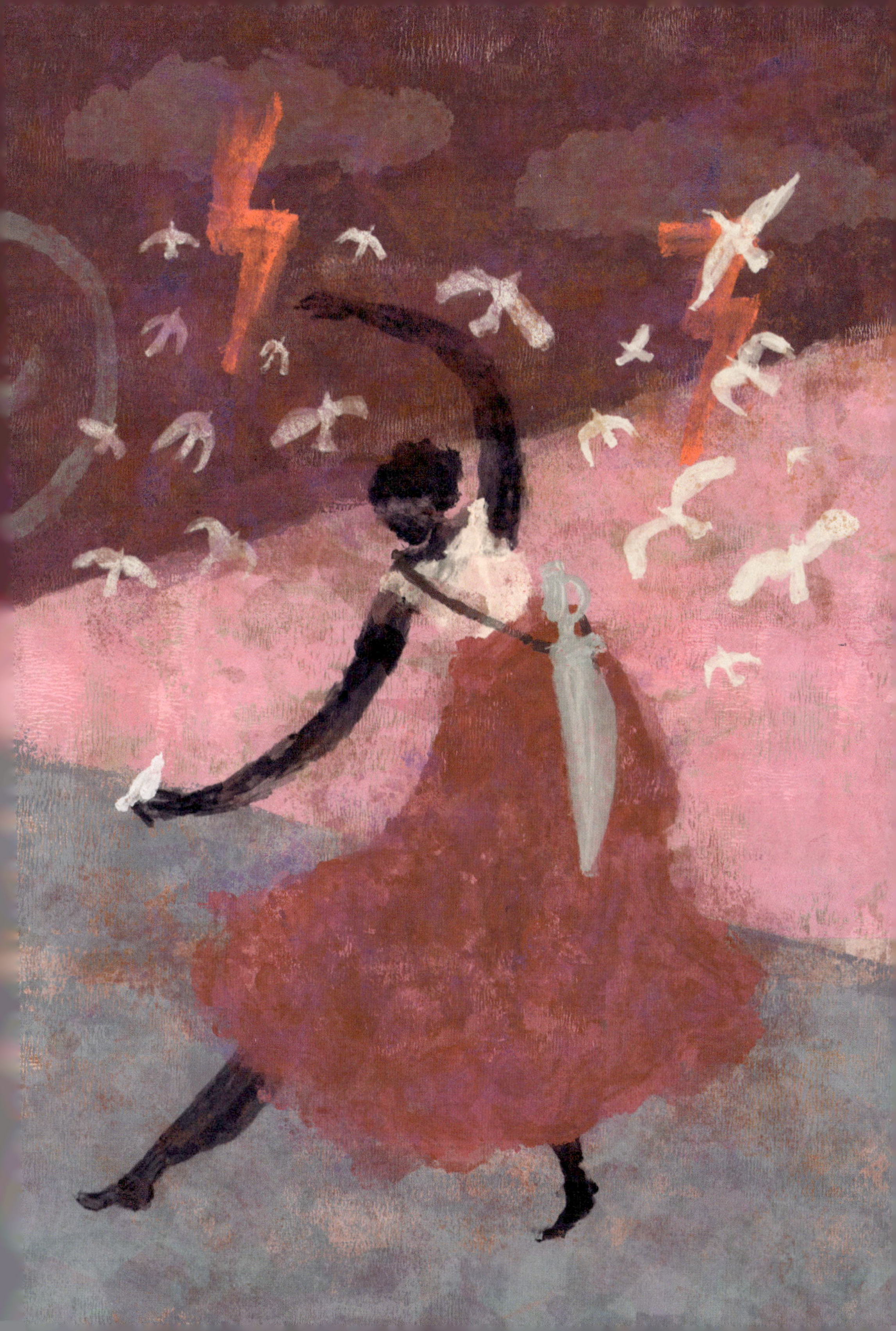

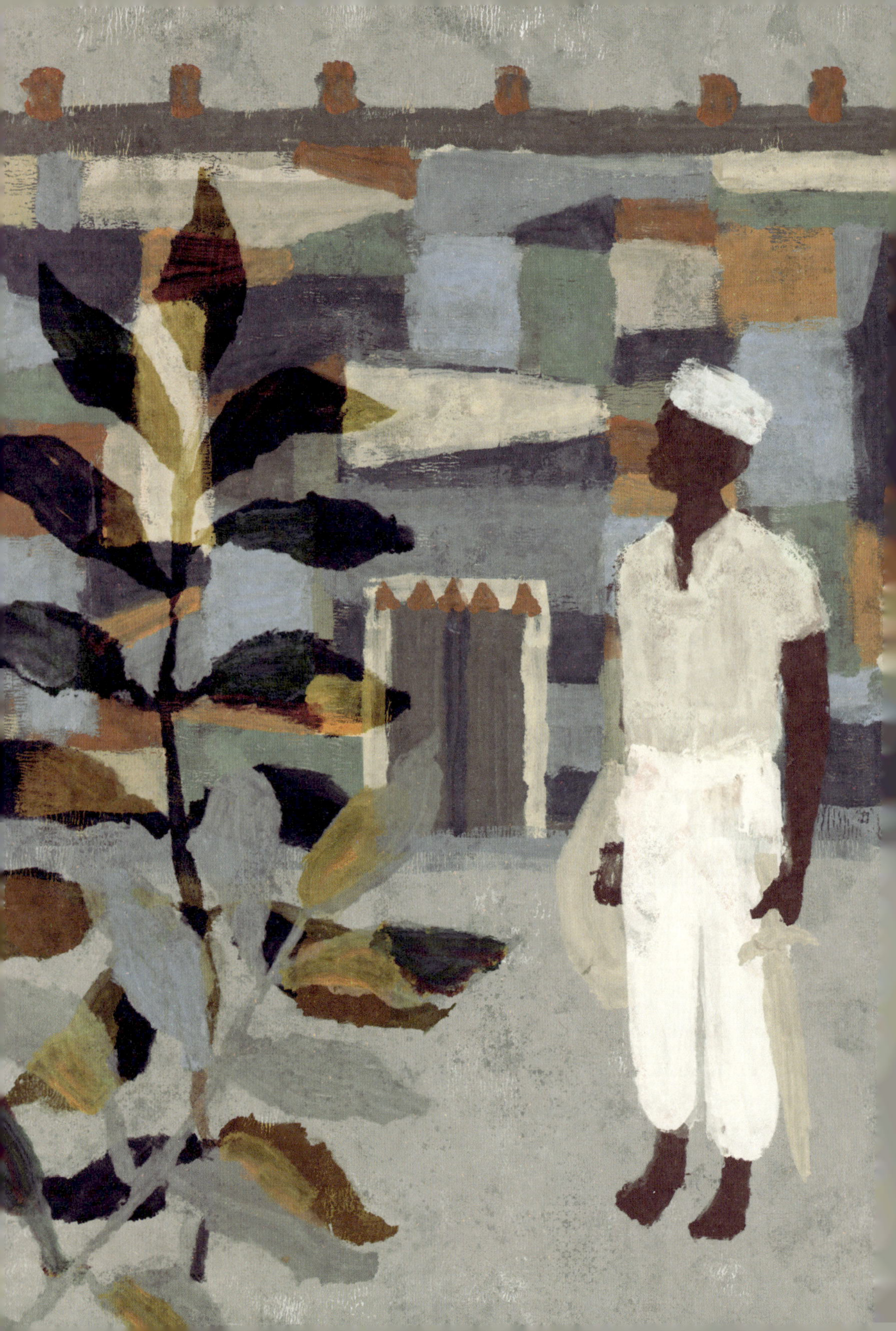

OITAVA REUNIÃO
O inventor do pilão destrói palácios

Na oitava reunião, contou o príncipe do destino Ejiobê
que havia um rei guerreiro de nome Ajagunã.
Como ele gostava muito de purê de inhame pilado,
ficou mais conhecido pelo nome de Oxaguiã,
que na língua de seu povo africano quer dizer
Papa-Purê-de-Inhame, ou o orixá que come inhame pilado.
Ejiobê contou que foi Oxaguiã quem inventou o pilão,
para que a pasta de inhame, sua comida predileta,
fosse preparada com mais apuro, ligeireza e perfeição.
O pilão foi um importante marco no progresso da humanidade,
que com ele pôde mais facilmente transformar os alimentos,
podendo incluir na alimentação muitas favas,
sementes, frutos e batatas, tudo convertendo
em farinhas, óleos, pastas, grãos sem casca, caldos.

Depois do pilão a humanidade criou muitos outros utensílios,
que ampliaram sua capacidade de domesticar a natureza
e os meios de preparar e diversificar a alimentação.
Como os moinhos, engenhocas, mecanismos, geringonças, aparelhos,
tudo quanto é tipo de instrumento, apetrecho e máquina,

sempre em busca do progresso e da perfeição.
E tudo começou com Oxaguiã, também chamado Ajagunã.

Ajagunã amava o progresso e a perfeição,
e declarava ser um construtor, um semeador do desenvolvimento.
Um dia, Ajagunã foi à cidade de Ogum em busca de armas
que seu aliado, o rei Ferreiro, fabricava para a guerra.
Encontrou os súditos de Ogum festejando a conclusão
de um palácio novo que tinham construído para o seu soberano.
Ajagunã perguntou ao povo de Ogum:
"Que fazeis agora que o palácio está feito?"
"Descansamos de nosso feito e festejamos",
responderam eles a Ajagunã, que retrucou:
"Vosso rei está em guerra e tão cedo não retornará.
Aproveitai o tempo e fazei um trabalho melhor.
Um palácio mais belo e resistente,
do qual Ogum haverá de ainda mais se orgulhar."
E tocou a parede do palácio com sua espada
e o palácio ruiu, não sobrou nada.
Ajagunã voltou ao seu país, às suas guerras.

Mais tarde, quando Ajagunã retornou à cidade de Ogum,
encontrou o palácio completamente refeito,
maior, mais imponente, mais bonito.
Ao povo que comemorava com festas
a conclusão da nova fortaleza de Ogum,
perguntou o orixá Ajagunã:
"Que fazeis agora que o palácio está feito?"
Responderam eles ao visitante inquiridor:
"Descansamos de nosso feito e festejamos."

OITAVA REUNIÃO

Em resposta, disse Ajagunã, também chamado Oxaguiã:
"Vosso rei está em guerra e tão cedo não retornará.
Aproveitai o tempo e fazei um trabalho melhor.
Um palácio mais belo, confortável e resistente,
do qual vosso soberano haverá de ainda mais se orgulhar."
E derrubou de novo o palácio recém-reconstruído.
E tantas e tantas vezes isso aconteceu
que os habitantes daquela cidade se transformaram
num povo de exímios construtores.
E suas cidades foram as mais belas e desenvolvidas
que se viam naquele tempo antigo na África negra.
Porque Ajagunã ama o desenvolvimento e a perfeição
e declara ser um construtor, um semeador do progresso.

Com tantas construções e destruições do palácio de Ogum,
os príncipes do destino ficaram com uma fome de pedreiro.
E devoraram o banquete de Ifá na oitava reunião no Orum,
no qual foi servido, entre outras iguarias,
purê de inhame sem sal
acompanhado de caracóis fritos na manteiga vegetal,
que são os pratos preferidos do orixá Oxaguiã.

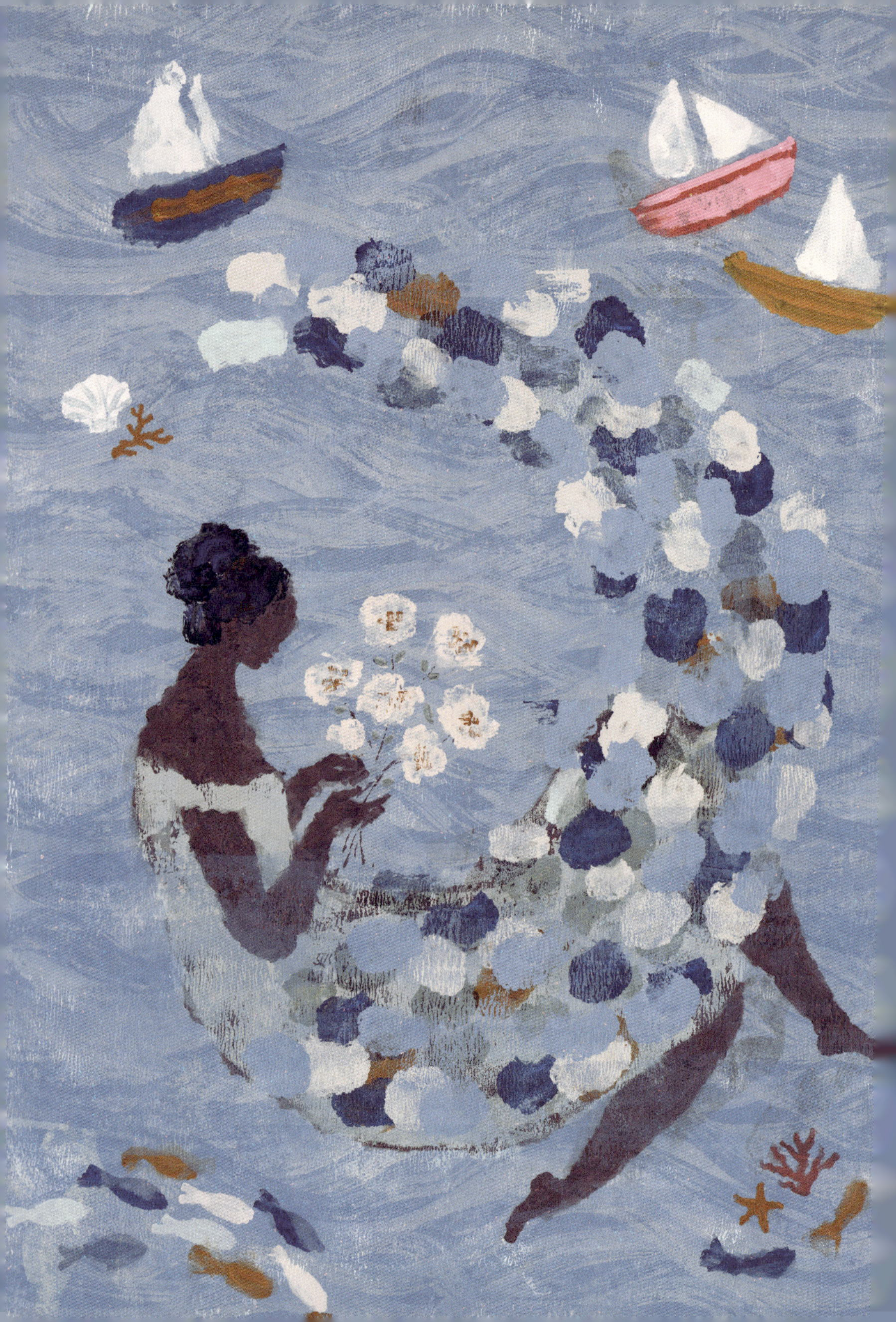

NONA REUNIÃO

A mãe dos peixes leva para seu reino os filhos homens

Na nona reunião foram narradas dezesseis histórias,
mas a que mereceu aplausos incontidos foi a contada por Ossá.
A história falava de Iemanjá, que era casada com o rei Oquerê.
Eles viviam bem, cumprindo os acordos matrimoniais,
mas um dia cada um falou mais do que devia
e as palavras de um ofenderam gravemente o outro.
Brigaram como nunca tinham brigado antes.
Dolorosamente, agressões verbais se materializaram.
Temendo a fúria de Oquerê, Iemanjá fugiu, correu desabalada.
Ele foi atrás dela, perseguiu-a pelas estradas.
Quando Oquerê alcançou Iemanjá e se lançou sobre ela,
ela caiu no chão, quase vencida.

Mas Iemanjá tinha um frasco que sua mãe,
que era Olocum, a Senhora do Oceano, lhe dera.
Ao cair, Iemanjá derrubou o frasco
e o frasco se abriu.
De seu conteúdo líquido se formou um caudaloso rio.
E fugindo pelo rio lá se foi Iemanjá.
Lá se foi Odoiá, que na língua do lugar é Mãe do Rio.

O rio ia levando Iemanjá em fuga para o mar,
para o oceano, que era o reino de sua mãe.
Mas o rei se transformou numa montanha
e interceptou a fuga do rio que corria para o mar.
Desesperada, Iemanjá chamou por seu filho Xangô, deus do trovão.
Xangô lançou seus raios sobre a montanha e a partiu em duas,
abrindo caminho para o rio, que prosseguiu na direção do litoral.
Em meio às trovoadas de Xangô,
Iemanjá prosseguiu seu curso e alcançou o mar,
alcançou a proteção de sua mãe no mar,
mar onde ela reina até hoje,
onde sucedeu à mãe e é rainha.
Rainha do Mar, Iemanjá.

Como essa história mereceu muitos aplausos,
Ossá acrescentou que ainda havia o que dizer de Iemanjá
naquela nona reunião na casa de Ifá, no Orum.
Contou que o mar é o reino de Iemanjá
e que ela é a mãe de tudo o que ali tem vida.
Os peixes, os mamíferos marítimos, os moluscos,
tudo pertence a Iemanjá,
tudo é filho seu.
Iemanjá quer dizer exatamente Mãe dos Peixes,
na língua de seu povo, os iorubás.

Quando o mar se enfurece e suas ondas
crescem e se precipitam temerosamente sobre a praia,
os pescadores sabem que Iemanjá foi ofendida.
Sabem que Iemanjá, a mãe do mar, a rainha das águas,
está sofrendo pelos filhos peixes

NONA REUNIÃO

que foram arrancados de suas águas pelos pescadores.
Os pescadores oferecem presentes a Iemanjá.
E a chamam de mãe,
pedem sua bênção e sua compaixão.
Iemanjá aceita os presentes e se acalma.
Mas não passa muito tempo
e alguém perde a vida nas águas de Iemanjá.
A mãe do mar leva para seu seio profundo o filho pescador,
afoga em suas ondas o imprudente nadador.
Em algum lugar da vastidão da Terra,
em alguma praia,
em algum mar,
alguém está roubando os filhos peixes de Iemanjá.
Em troca ela leva para sua companhia algum filho humano.

O banquete serviu para alegrar de novo os príncipes,
que não esconderam a tristeza que este final neles provocou,
na nona reunião na casa de Ifá, no Orum.

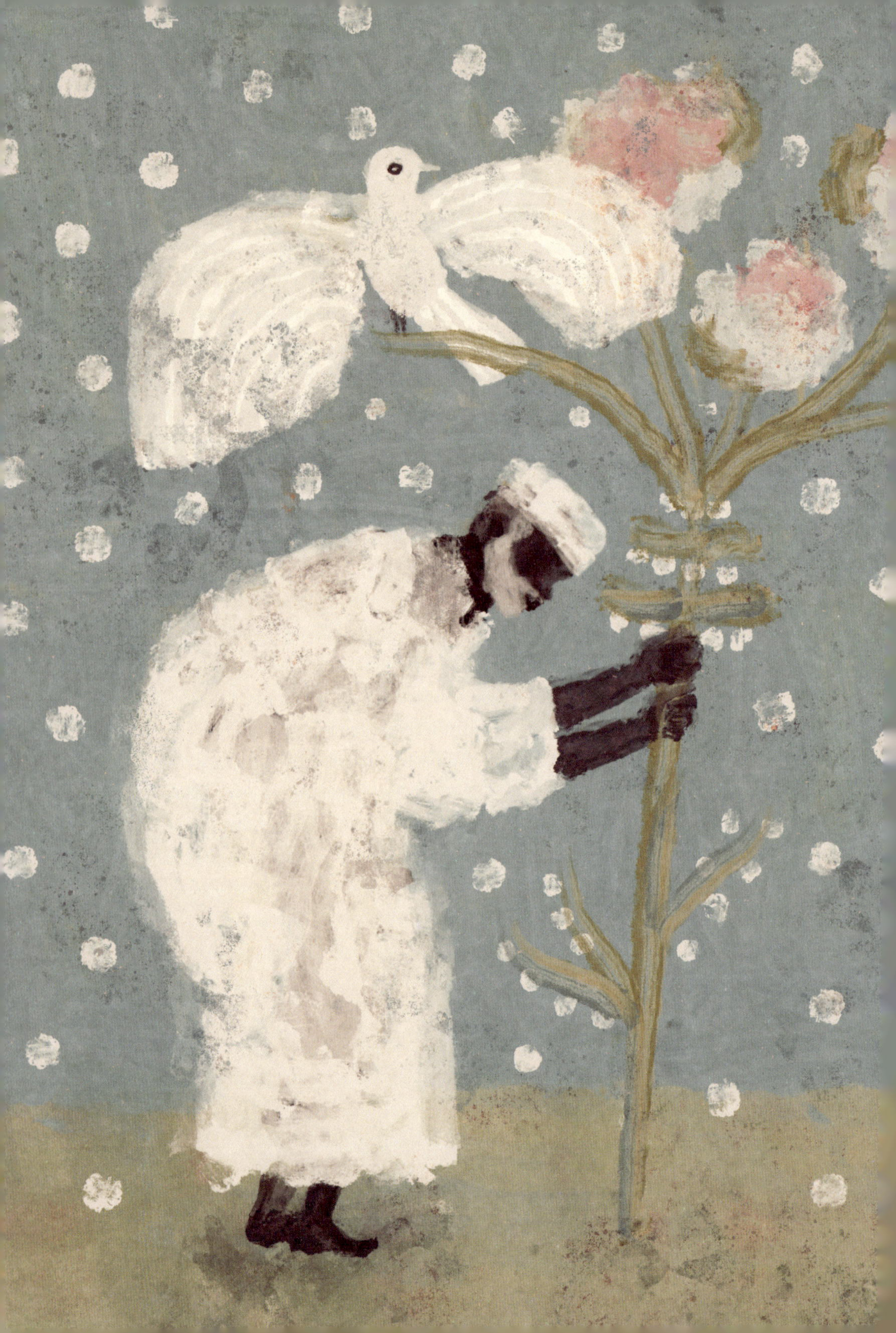

DÉCIMA REUNIÃO

Os homens provocam a separação entre o Céu e a Terra

Houve um tempo em que não havia separação
entre o mundo dos homens, a Terra, o Aiê,
e o mundo dos deuses, o Céu dos orixás, o Orum.
Os homens iam ao Céu visitar os orixás
e os orixás vinham visitar os homens na Terra.
Mas, sempre que um ser humano ia ao Orum,
tudo lá ficava imundo e feio.
Os homens largavam no chão tudo quanto era lixo,
emporcalhavam as brancas paredes dos palácios e das casas,
pichavam muros e edifícios com marcas sem sentido.

Contou o príncipe Ofum, na décima reunião com Ifá,
que Oxalá, o deus negro que se veste de branco,
o orixá que do barro modelou o homem,
aquele que merece o respeito máximo,
ficou muito irritado com a sujeira dos humanos,
dos homens e das mulheres que ele mesmo havia fabricado.
Oxalá foi queixar-se a Olorum, o Deus Supremo,
e Olorum separou para sempre o Céu da Terra.
Desde então os deuses moram lá no Orum, em paz,
e os homens e as mulheres vivem aqui no Aiê, a trabalhar.

OS PRÍNCIPES DO DESTINO

E em vida os humanos nunca mais puderam
passear no Céu dos orixás.
Mas a humanidade não aprendeu a lição
e aqui na Terra tudo continua sujo e feio.
Os homens largam no chão tudo quanto é lixo,
emporcalham as brancas paredes dos palácios e das casas,
picham muros e edifícios com frases sem sentido.

Naquele dia, durante o banquete na casa de Ifá, no Orum,
nenhum dos príncipes do destino jogou no chão restos de comida.

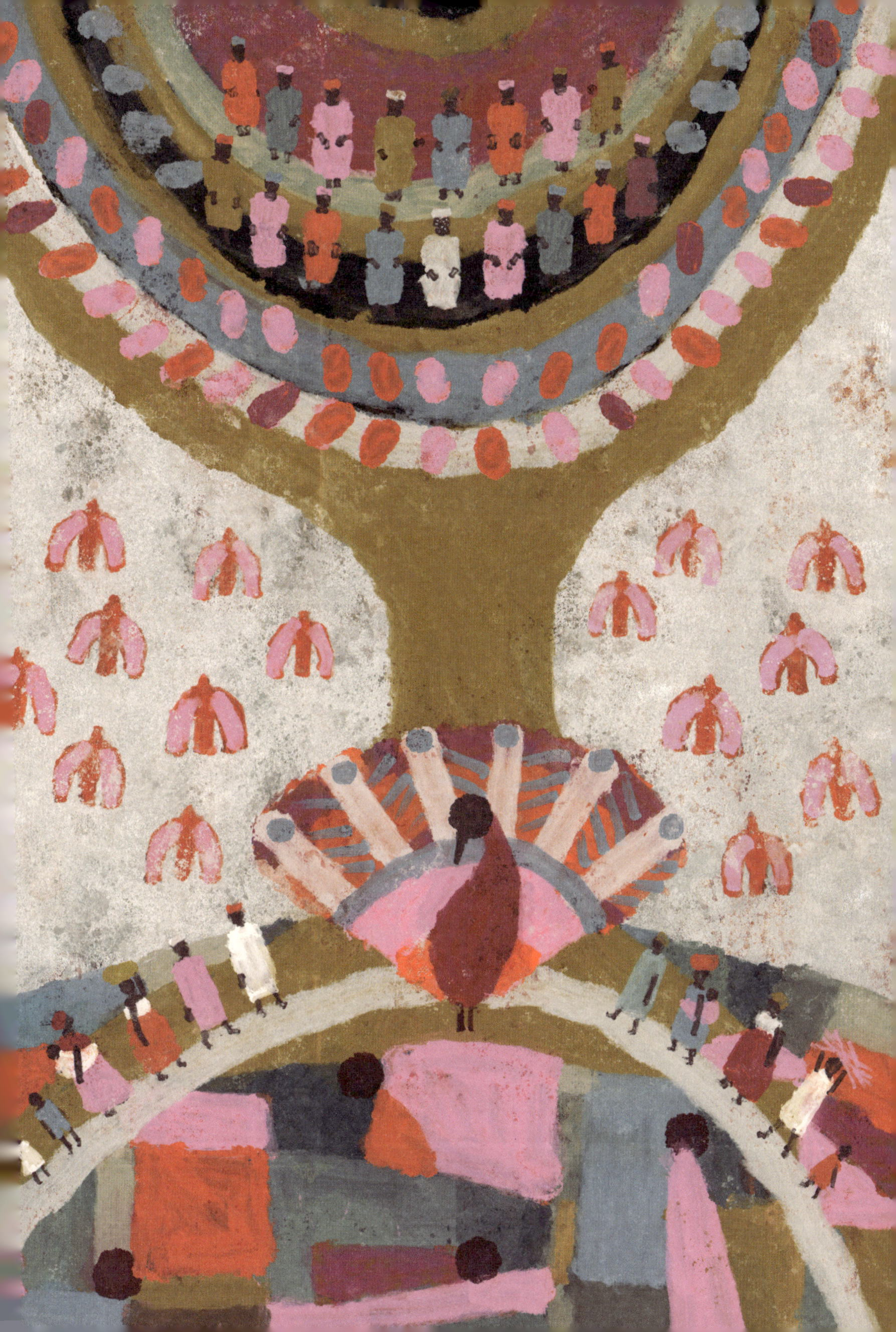

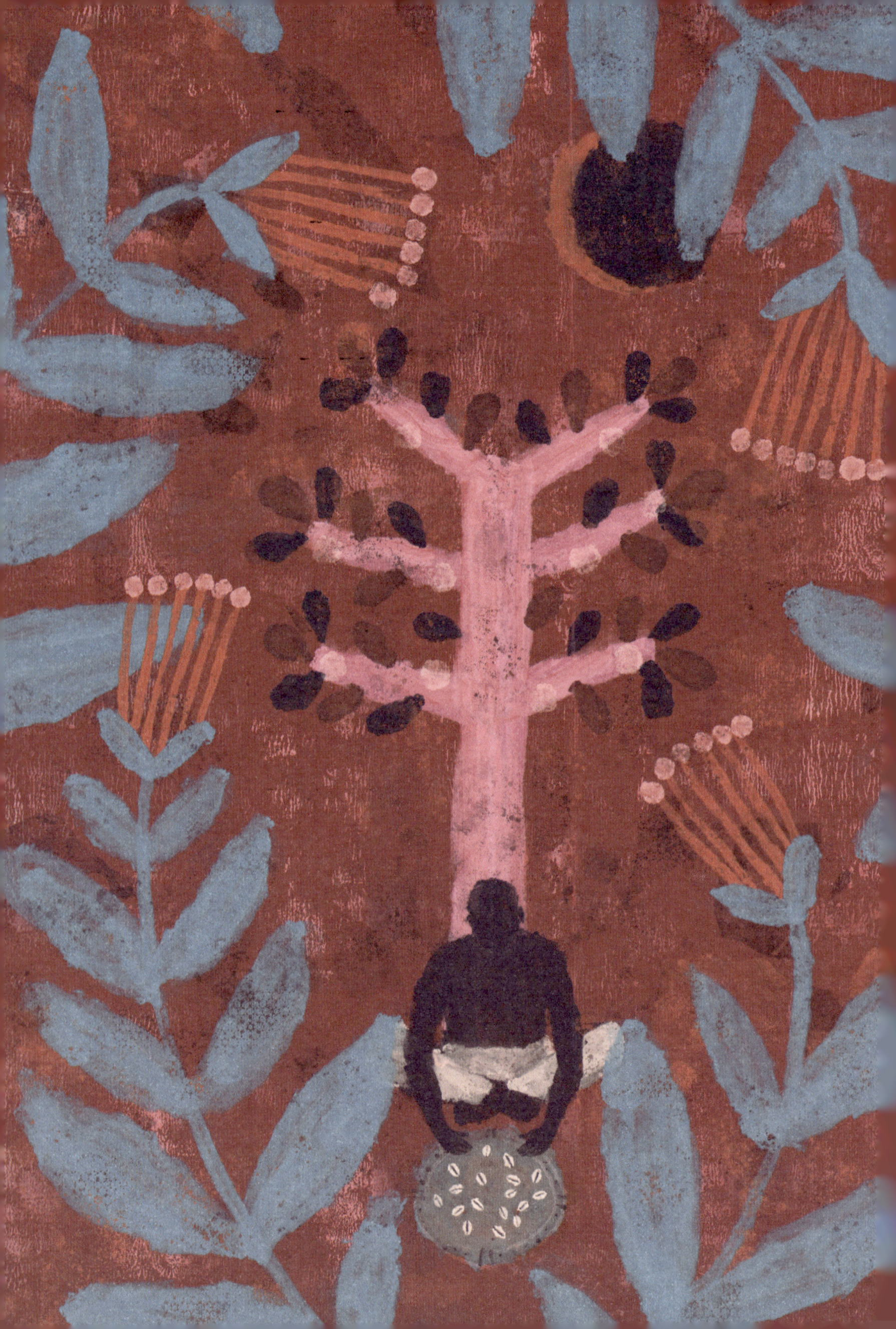

DÉCIMA PRIMEIRA REUNIÃO

O adivinho que prendeu treze ladrões com grãos de milho

Entre as muitas histórias que na décima primeira reunião
povoaram a imaginação dos príncipes do destino,
contou Ouorim, auxiliado por Ejiologbom,
que um adivinho de nome Odoguiá
foi chamado para solucionar um roubo misterioso.
Uma quadrilha tinha invadido a casa de um homem rico
e, sem que ninguém visse ou ouvisse nada,
roubara todos os seus mais preciosos bens.
Odoguiá disse que daria a lista completa dos ladrões
e que não precisava de tempo maior que trinta dias
para completar a necessária investigação.
Odoguiá passou o primeiro dia na casa roubada
e mandou pôr uma caneca de lata no batente da janela
que dava de frente para a rua.

Ao entardecer do primeiro dia, depois de andar para lá e para cá,
jogou um grão de milho na caneca de lata.
Todo mundo escutou o barulho do milho na lata.
Então ele disse: "Já tenho um."
No segundo dia, enquanto havia luz do sol,
esquadrinhou a casa toda, inquiriu moradores e vizinhos

e, de noite, fazendo muito estardalhaço,
jogou o grão de milho na caneca.
Disse: "Já tenho dois."
No terceiro dia a mesma coisa,
no quarto também.

Numa cidade pequena, todo mundo sabe o que acontece
e todo mundo quer sempre estar a par de tudo.
Começou a juntar gente para ver os movimentos do adivinho.
Só se falava disso na cidade.
Os ladrões começaram a ficar tão preocupados
que, disfarçados, também vinham apreciar a cena.
Cada dia o adivinho Odoguiá mostrava maior segurança.
Já não cabia em si de alegria quando, no décimo dia,
jogou o milho na caneca de lata e disse: "Já tenho dez."
Os ladrões, que eram treze, já não se aguentavam de nervosos.
Todos na cidade comentavam que Odoguiá
já tinha dez dos nomes dos ladrões.
Na noite anterior ele havia dito: "Já tenho dez."

DÉCIMA PRIMEIRA REUNIÃO

Então, faltavam só três, calculavam os ladrões entre si.
Quando o adivinho soubesse o nome dos treze,
certamente os entregaria ao rei.
A quadrilha já não suportava mais a tensão massacrante
que se acumulava a cada lance de milho na caneca de lata.
No décimo primeiro dia os ladrões se entregaram a Odoguiá.
Disseram que devolveriam tudo o que tinha sido roubado
e pediram a Odoguiá que intercedesse por eles junto ao rei.
Odoguiá concordou.
Os bens foram devolvidos
e os ladrões foram punidos com uma pena leve.
Uma parte dos bens recuperados foi dada a Odoguiá
e sua fama de adivinho nunca mais parou de crescer.

Que delícia foi o jantar de encerramento da reunião.
Comidas preparadas com milho, evidentemente,
não podiam faltar.
Ouorim e Ejiologbom, que contaram esta história
na décima primeira reunião na casa de Ifá no Orum,
até convidaram Omulu, o Senhor da Pipoca,
para ajudar na cozinha e depois
comer com eles.

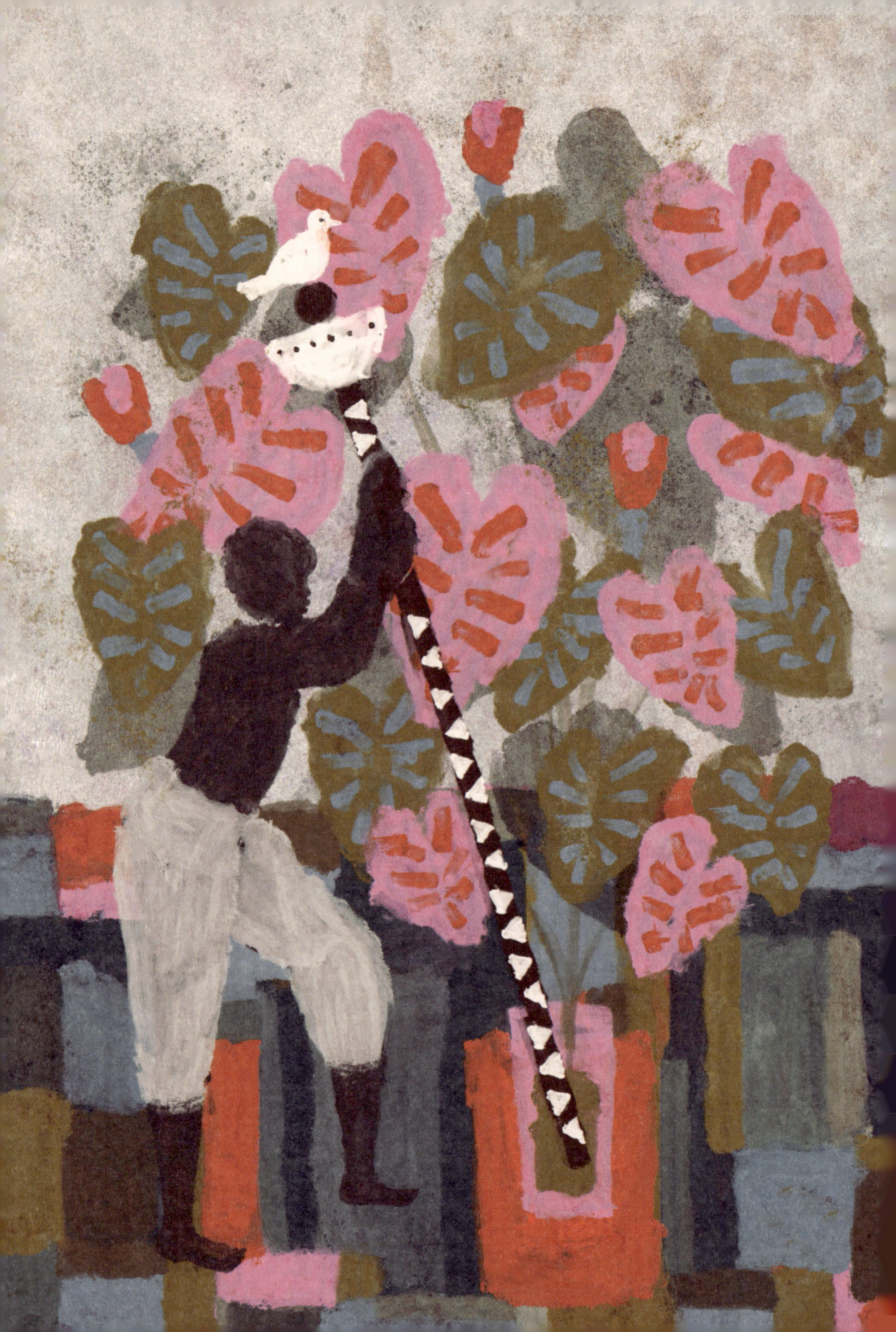

DÉCIMA SEGUNDA REUNIÃO

O rei que foi obrigado a pilar inhames

O rei de Sabé gostava de dizer que era humilde.
Um dia sua mulher ficou doente
e foi levada à presença de um adivinho,
que sabia curar doenças, males da alma e feitiços.
O diagnóstico era simples:
o mal era da cabeça e bastava uma simples oferenda
para que tudo voltasse ao normal.
Ele disse ao rei de Sabé que tomasse nove batatas de inhame
e as pilasse, bem socadas, no pilão.
Que preparasse esse bom purê com mel de abelhas
e o oferecesse à cabeça da esposa,
na forma de emplastro.
Ela ficaria boa.
Mas quem deveria pilar os inhames era o rei.
"Eu faço tudo, qualquer serviço, porque sou humilde,
mas pilar inhame eu não pilo, não.
Isso é trabalho de escravo",
disse o rei, cheio de si, ao adivinho.
E não pilou os inhames
e sua mulher acabou louca.

OS PRÍNCIPES DO DESTINO

Tempos depois um exército vizinho invadiu Sabé.
Vinha comandado pelo rei Xangodarê,
que era irmão legítimo da rainha enlouquecida.
O irmão queria vingar a louca e derrotou o rei de Sabé,
que foi levado preso para o reino do cunhado.
O rei cativo foi condenado a pilar inhame todos os dias.
Ele preparava o purê usado para tratar do mal de cabeça
das oitocentas mulheres do rei vingador, Xangodarê,
que transformara em escravo o soberano de Sabé.

Irossum, devidamente referendado por Ejila-Xeborá,
contou essa história e já foi se servindo
de uma boa porção de inhame pilado com mel.
Isso foi na décima segunda reunião na casa de Ifá.

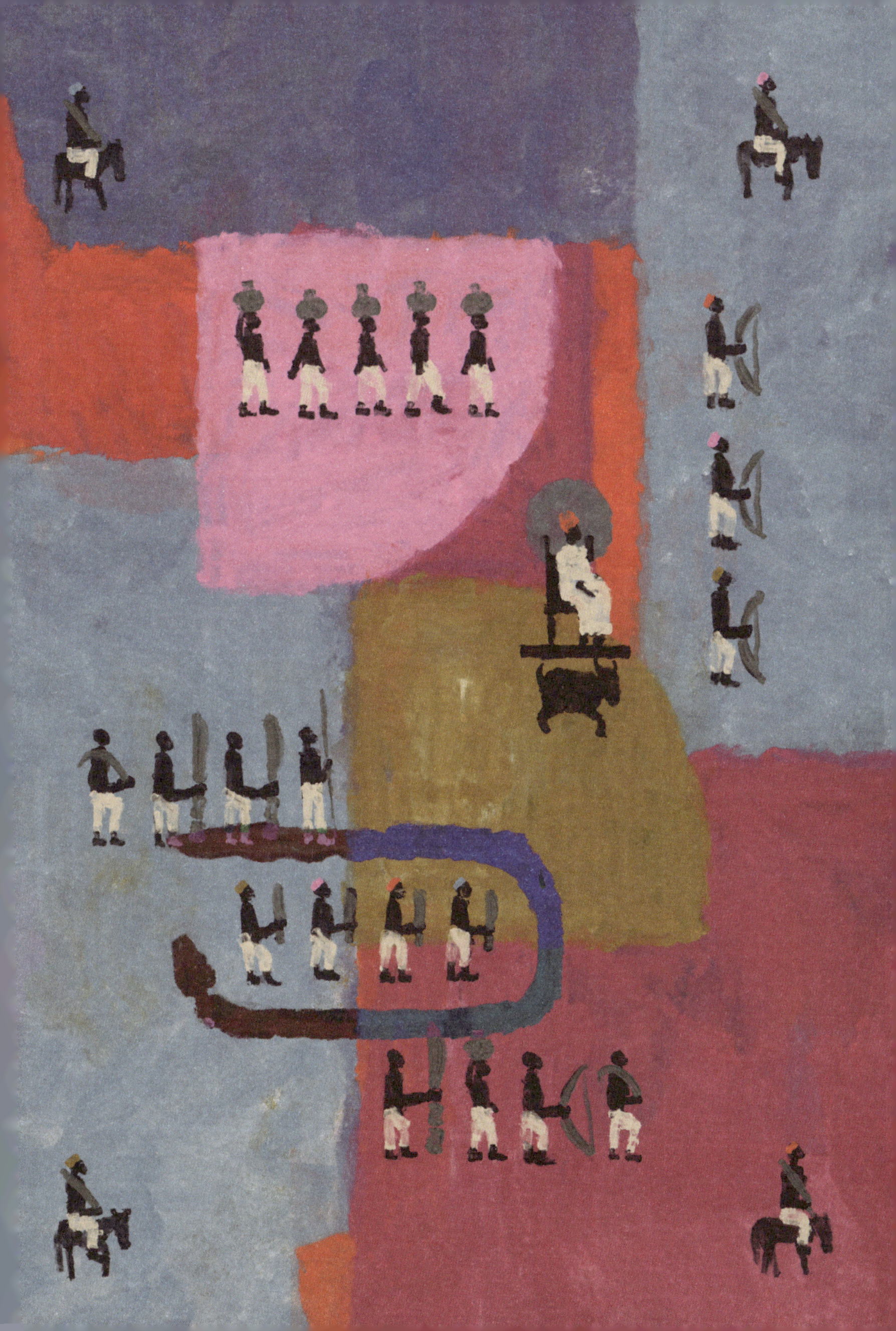

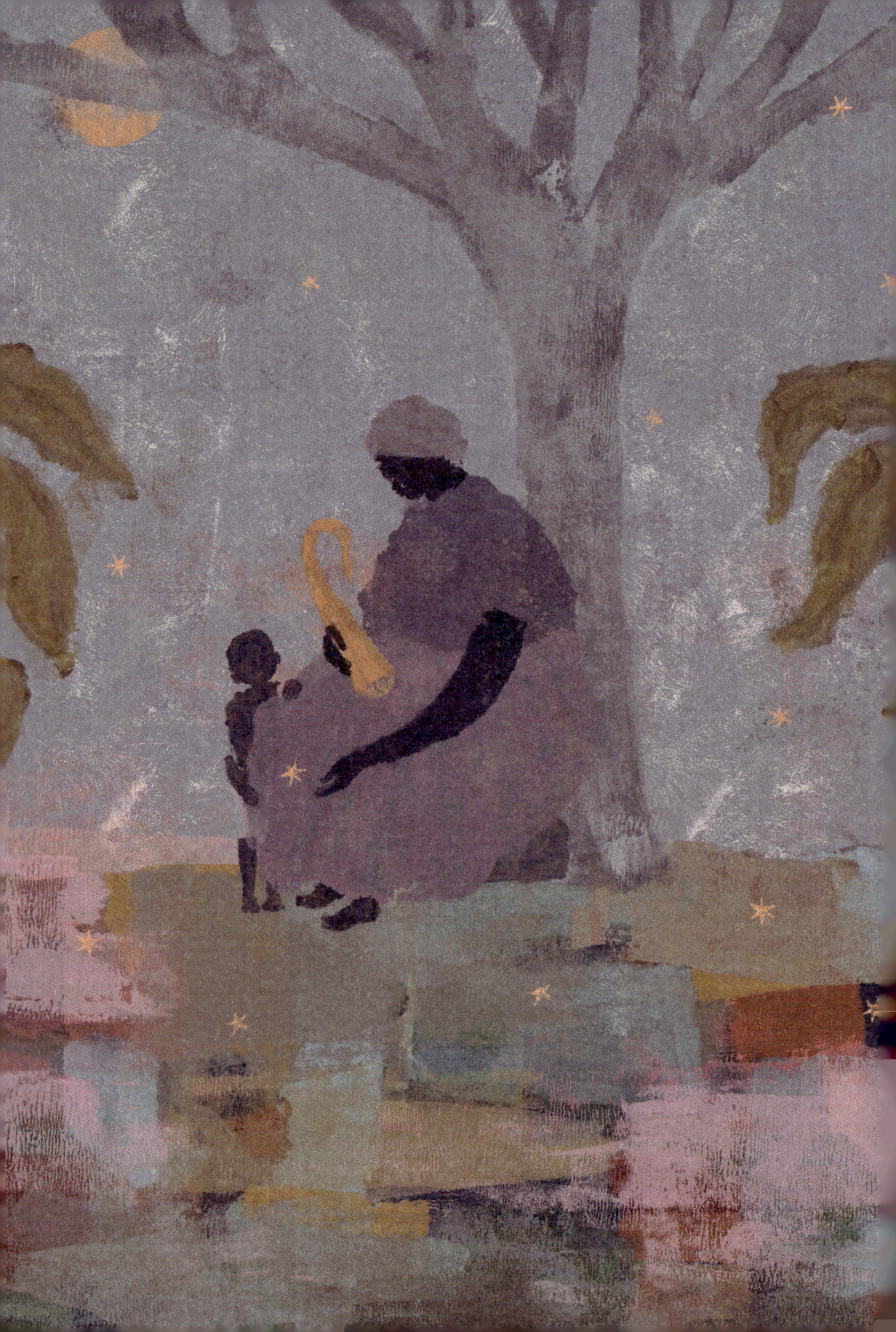

DÉCIMA TERCEIRA REUNIÃO

A mãe que teve um filho feio e um filho belo

Nanã era uma velha senhora que habitava os pântanos
e todos riam dela por viver assim na lama.
Mas, quando o mundo foi criado,
foi com a lama de Nanã que Oxalá fez o primeiro homem.
Depois disso Nanã tornou-se muito respeitada
e seu nome é reverenciado por toda a gente de seu país
e muito além.

Nanã é muito sábia e tão velha
que teria conhecido os primeiros antepassados
de toda a humanidade.
Nanã sempre teve orgulho de seus filhos.
Ela é a mãe de Omulu, e,
quando Omulu pegou varíola e ficou feio,
ela o cobriu de palha,
para que ninguém visse seu rosto bexiguento
e assim não risse dele.
Ela também é mãe de Oxumarê,
que nasceu tão bonito, tão vistoso,
tão belo que ela o transformou no arco-íris
e o pregou no azul do firmamento,
para que todos pudessem apreciar sua beleza.

É o que foi contado conjuntamente por Ejiologbom e Ejiobê
na décima terceira reunião no Orum, na casa de Ifá.

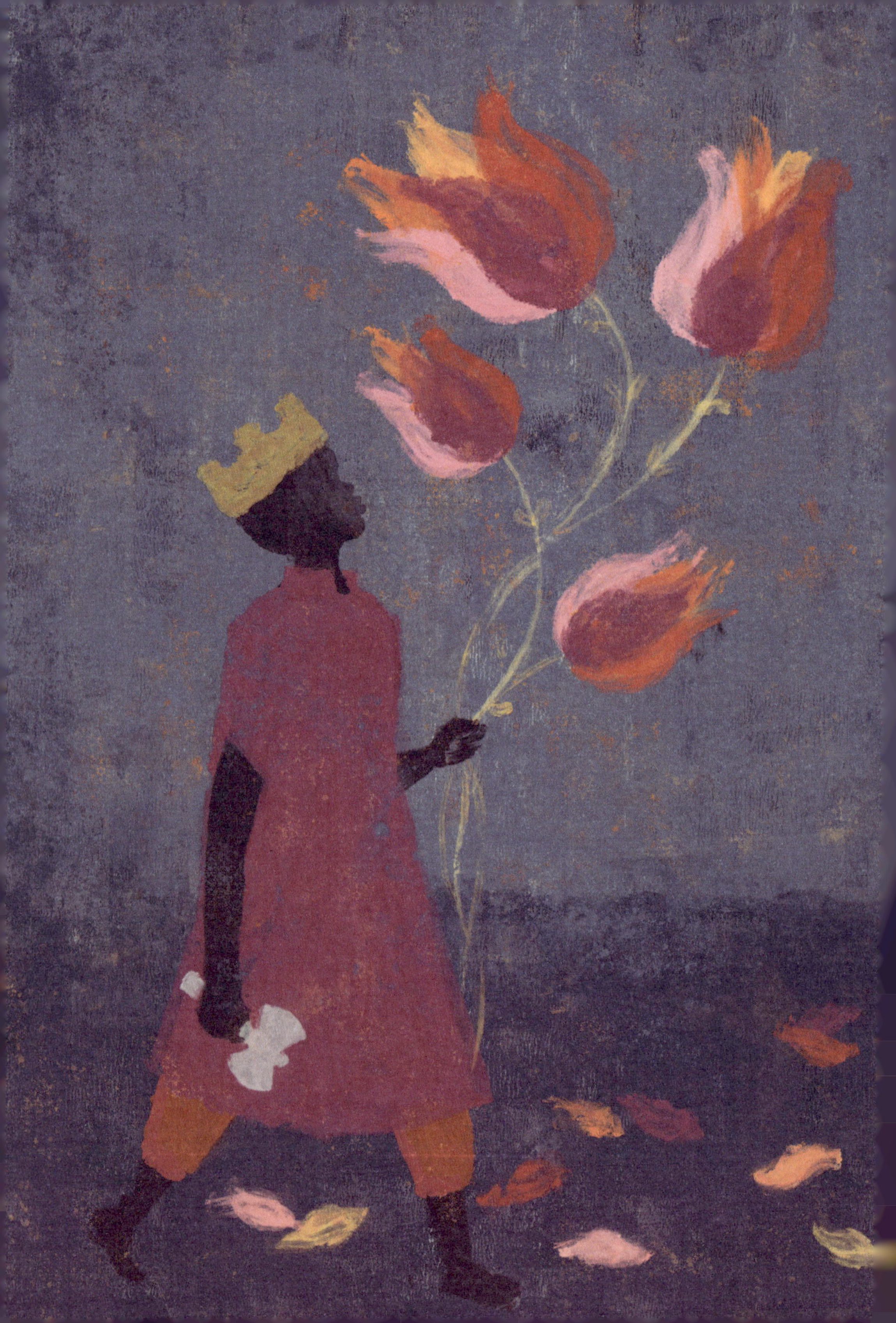

DÉCIMA QUARTA REUNIÃO

O arco-íris do Céu vira serpente na Terra

Entre as muitas histórias narradas na décima quarta reunião,
nenhuma chamou mais a atenção do que esta,
que foi contada pelo príncipe Icá, auxiliado por Obará.
Oxumarê, o arco-íris, era moço bonito
e a todos encantava com suas roupas multicoloridas.
Um dia, o rei Xangô, que muito o queria para seu escravo,
mandou que ele comparecesse em seu palácio.
E então, quando ambos estavam na sala do trono,
os soldados de Xangô fecharam por fora as portas e janelas,
para que Oxumarê não pudesse escapar do domínio do rei.

Xangô, o Senhor do Trovão, não conseguiu, contudo,
fazer de Oxumarê seu prisioneiro.
Oxumarê se transformou numa cobra lisa e ágil,
que fugiu por uma fresta que havia entre o chão e a porta.
Depois disso, Oxumarê pode ser visto na Terra
movendo-se no corpo encantado da serpente,
e pode ser visto no Céu, em dia de chuva,
brilhando nas sete cores do arco-íris.

Desde então, porém,
para agradar ao Senhor do Trovão,
que tanto o queria para seu escravo,
Oxumarê, sempre que chove,
transporta água da Terra para o Céu,
abastecendo o palácio de Xangô.

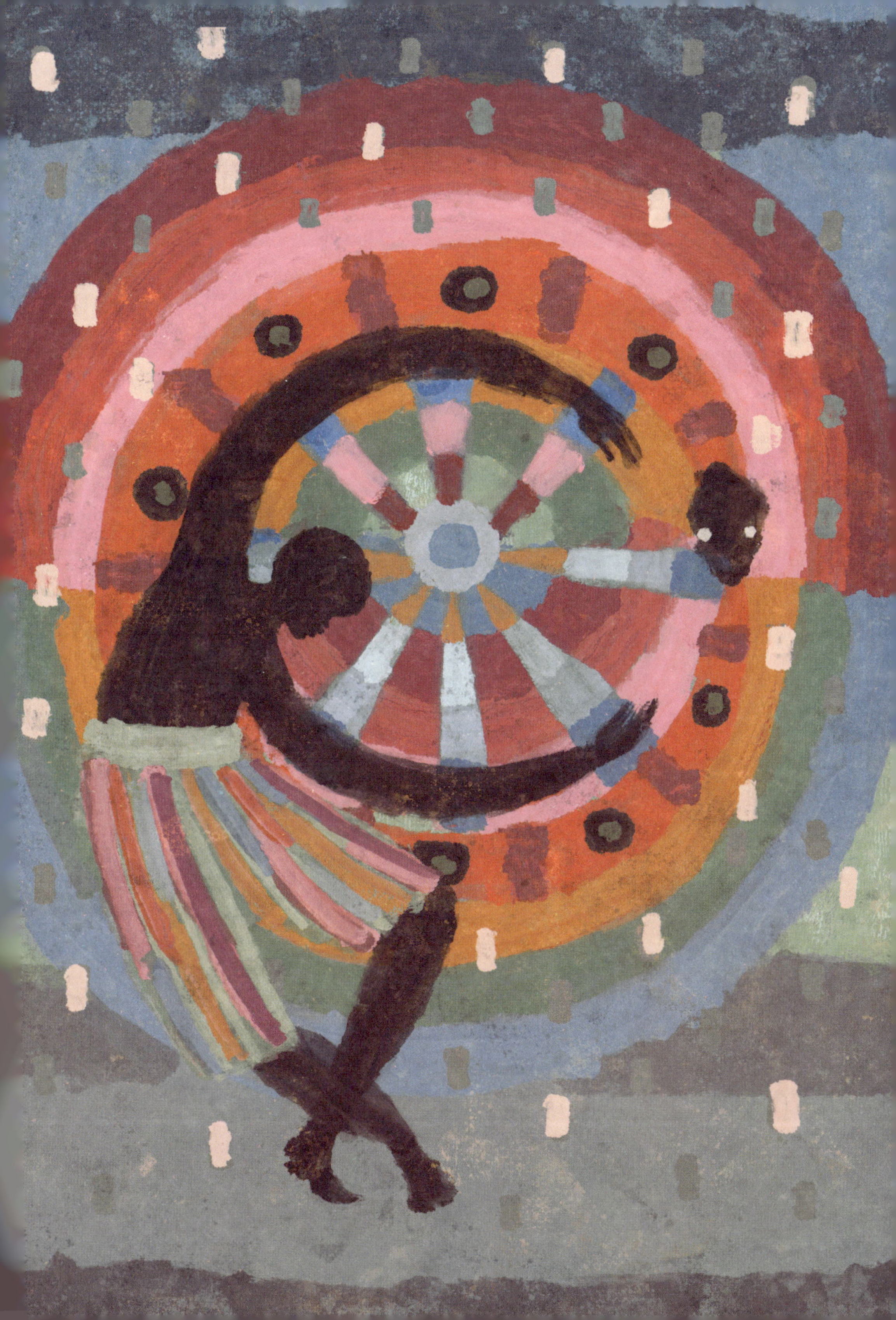

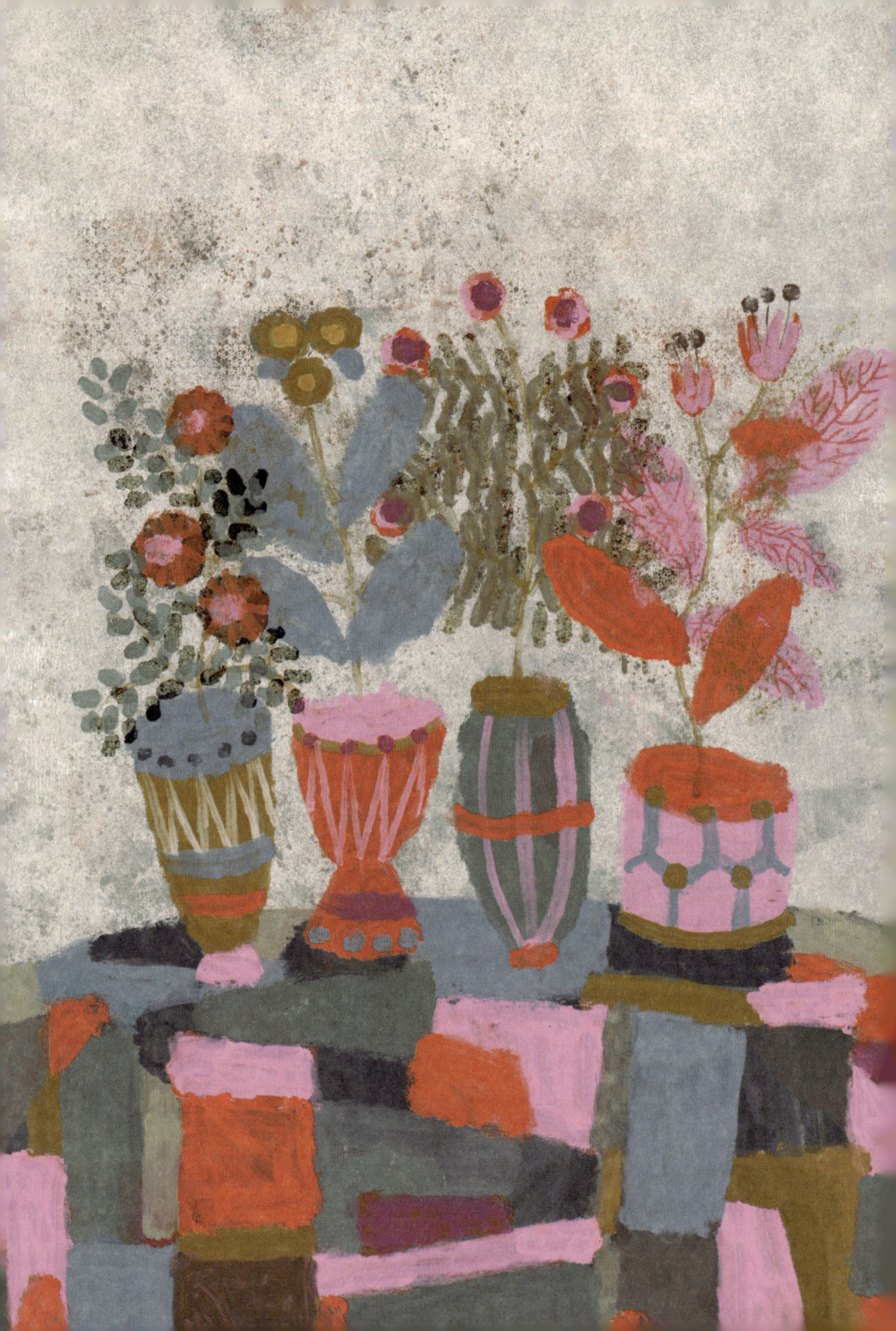

DÉCIMA QUINTA REUNIÃO

O médico que se escondia debaixo de palhas

Contaram Oturá e Ejiocô, na décima quinta reunião,
que Omulu, o filho feio de Nanã,
transformou-se num famoso médico,
capaz de curar todas as pestes e todas as pragas
que fustigavam aquele povo africano.
Dizem que ganhara de sua mãe Nanã
o poder de vencer Icu, a Morte.
Mas ele ainda se cobria de palhas,
para que ninguém visse as cicatrizes
das feridas purulentas
e chagas pestilentas que cobriam sua pele.
Um dia houve uma grande festa no palácio real
e Omulu também foi convidado.
Mas, enquanto todos dançavam e se divertiam,
Omulu ficava de lado, tímido, ressabiado, esquivo.

No melhor da festa,
Iansã, a mais bela das mulheres presentes,
que era, além de tudo,
muito admirada por suas mágicas,
capaz de pôr fogo pela boca e de provocar o vento,

quis dançar com o sisudo Omulu.
Não dando ouvidos a seus protestos
e suas insistentes negativas,
Iansã levou Omulu ao centro do salão.
E, girando sobre si mesma e soprando muito forte,
Iansã provocou uma uivante ventania,
e a ventania levou as palhas que cobriam Omulu,
deixando à mostra o seu corpo, seus membros e sua cabeça.
Nesse exato instante,
enquanto os presentes olhavam assombrados,
todas as feridas de Omulu viraram pequeninas flores
e depois se transformaram em alvíssimas pipocas
que caíram e cobriram de branco o chão da sala.
Todos miraram Omulu e comprovaram
que sob as palhas levadas pelo vento de Iansã
havia o mais belo rapaz que alguém ali já conhecera.

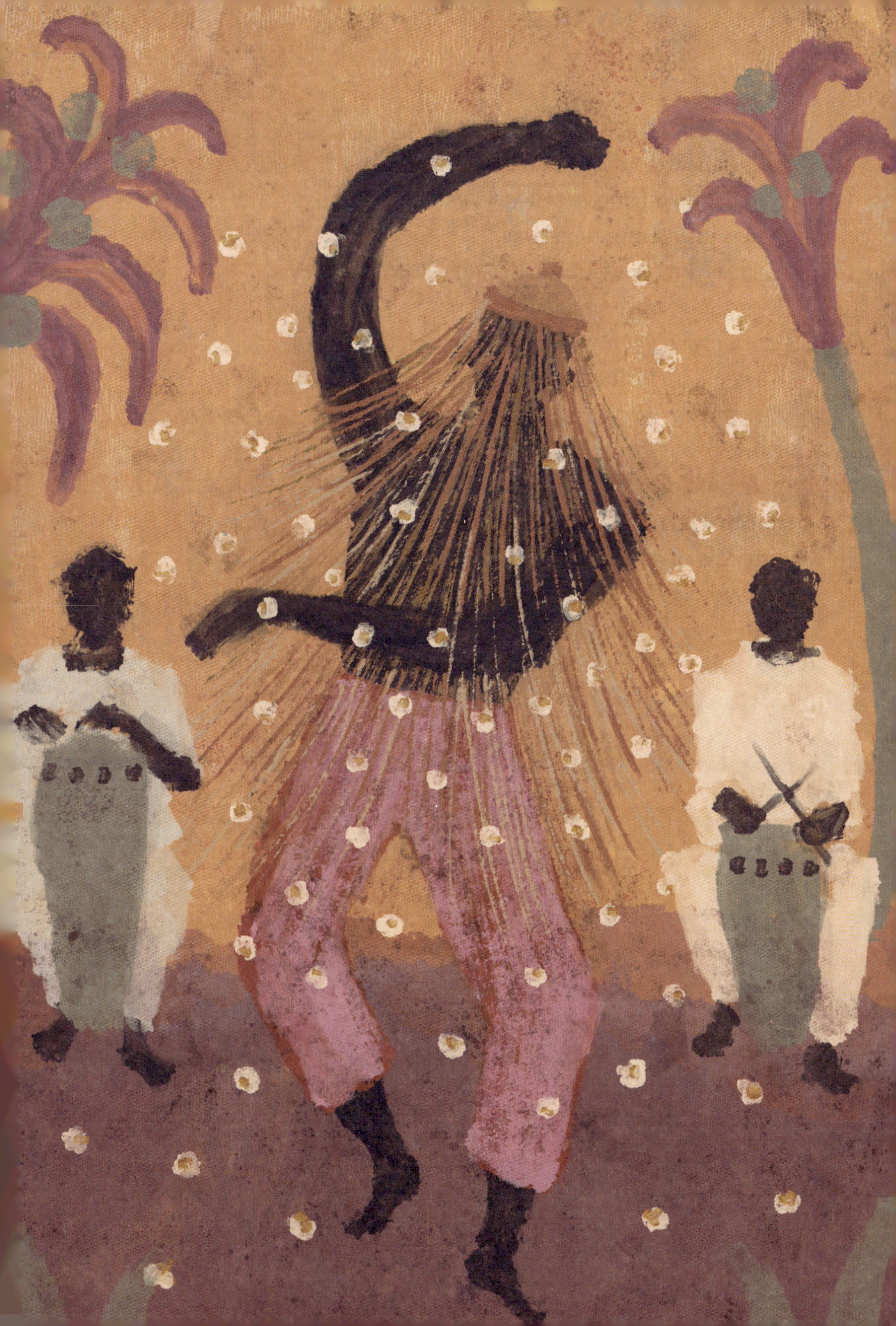

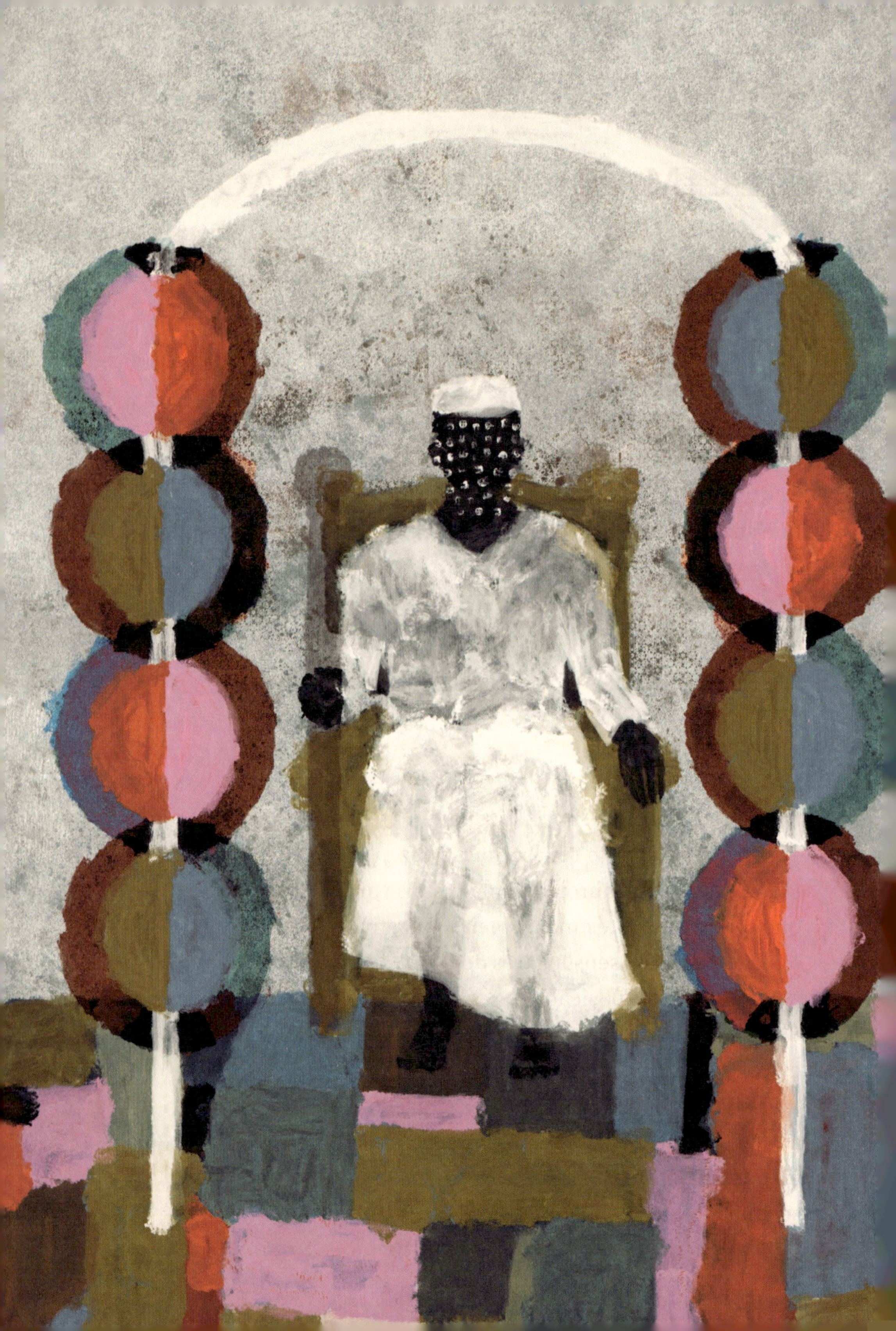

DÉCIMA SEXTA REUNIÃO

O adivinho escolhe sua esposa entre três pretendentes

A última das dezesseis reuniões dos príncipes do destino
que aconteceram no Céu, na casa do orixá Ifá,
já estava prestes a ser encerrada.
Desde a primeira reunião, trezentas histórias
haviam sido contadas e elas resumiam
praticamente tudo o que acontece de importante
na vida de um homem,
na vida de uma mulher.
Pois cada história se multiplica em outras mil
e tudo o que já foi de novo se repete,
e tudo o que é morto renasce outra vez.
Mas alguém se lembrou de uma história ainda não contada,
que seria a trecentésima primeira narrativa,
e todos tomaram seus lugares de novo
para escutar a exposição.
O odu Odi, temido por falar sempre de guerra
e dos caminhos da vida que se fecham,
mas que também ensina que nas situações ruins
ainda é possível fazer boas escolhas,
foi quem contou esta história,
secundado pelo príncipe Oturopom.

No país dos príncipes do destino
havia um adivinho de nome Orunmilá.
Era um sábio culto e respeitado
e tinha aprendido todas as histórias dos odus,
dos quais era um funcionário exemplar.
Orunmilá vivia sozinho e queria se casar,
pois precisava urgentemente de uma mulher
que lhe fizesse companhia.
Ele foi então apresentado a três belas pretendentes.
Eram três irmãs: Riqueza, Discórdia e Paciência.
Orunmilá deveria escolher uma delas para esposa.
Queria tomar logo a decisão,
pois precisava urgentemente de uma boa mulher
que lhe fizesse companhia.
Perguntou às pretendentes quais eram suas boas qualidades.
"Eu tenho tudo o que desejo ter", disse Riqueza.
"Eu tenho tudo o que os outros querem ter", falou Discórdia.
"Eu tenho tudo o que posso ter", confessou Paciência.

O primeiro impulso de Orunmilá foi casar-se com Riqueza,
pois quem tem Riqueza tem tudo, pensou ele.
Quando estava para anunciar a decisão,
foi procurado em sua casa por um mendigo,
que dizia precisar de seus favores de adivinho.
Ele recebeu o pobre homem e imediatamente o reconheceu.
Era nada mais nada menos que um grande milionário,
que contou ter perdido todos os seus bens por causa de má sorte.
Havia se tornado um homem desprezado e infeliz.
Depois de ter jogado búzios para o mendigo,

DÉCIMA SEXTA REUNIÃO

Orunmilá resolveu rever sua escolha.
A riqueza vem, mas a riqueza vai, pesou ele.

Restava escolher então entre as duas outras irmãs.
Discórdia ou Paciência? Paciência ou Discórdia?
Tinha que se decidir logo,
pois precisava realmente da companhia
de uma boa esposa.
Estava quase decidido por Discórdia,
que das três era a mais popular,
quando foi chamado ao palácio do rei
para ser testemunha
num julgamento de dois amigos seus,
que, numa briga, haviam tentado matar um ao outro.
Eles eram muito bons amigos, de longa data,
mas por uma razão sobejamente tola
estiveram a ponto de se matar.

Os amigos começaram a discutir sobre qual era
a cor do boné que Exu usava
ao passar entre eles de manhã,
e a discórdia nunca mais teve fim.
Ainda lançavam farpas um contra o outro,
acusando-se das maiores baixezas,
trocando socos e cruzando pontapés.
E quem estava lá, incentivando a briga,
jogando amigo contra amigo?
Discórdia.

OS PRÍNCIPES DO DESTINO

Orunmilá voltou para casa decepcionado,
mas convencido de que
não ter tomado nenhuma decisão apressada
tinha sido a melhor coisa.
"Pois quem tem Paciência tem tudo", disse Orunmilá,
e se casou com Paciência.

Todos os presentes aplaudiram muito essa história,
por um motivo deveras excepcional.
Orunmilá era o nome de Ifá quando ele era humano
e vivia na Terra dos homens,
trabalhando como adivinho.
O próprio Ifá ficou muito comovido com a lembrança
e mandou servir um banquete muito mais saboroso,
encerrando festiva e solenemente
as dezesseis reuniões
dos dezesseis príncipes do destino.
As dezesseis reuniões realizadas
a cada dezesseis dias na casa do orixá Ifá,
no Orum, o Céu dos deuses iorubás.

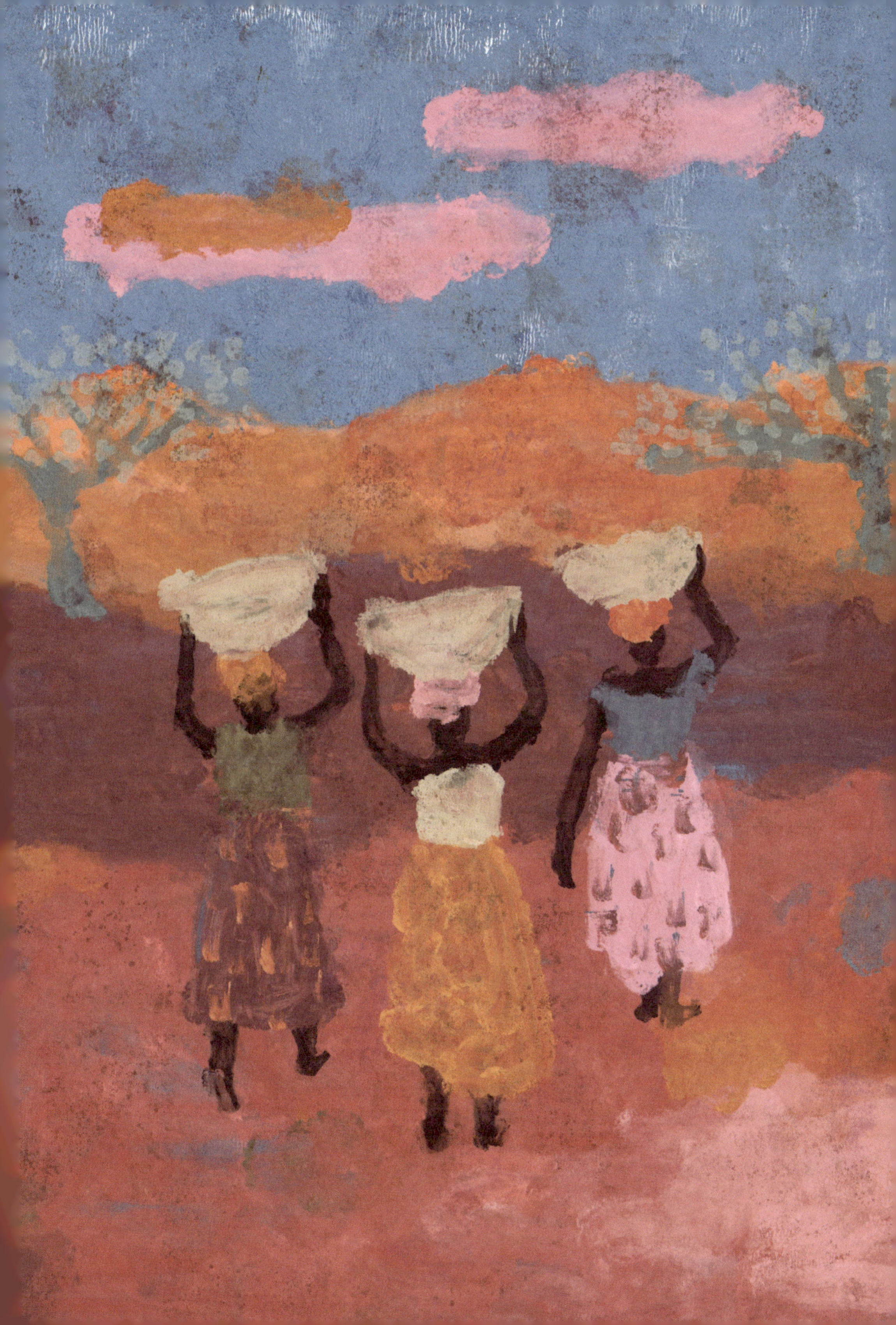

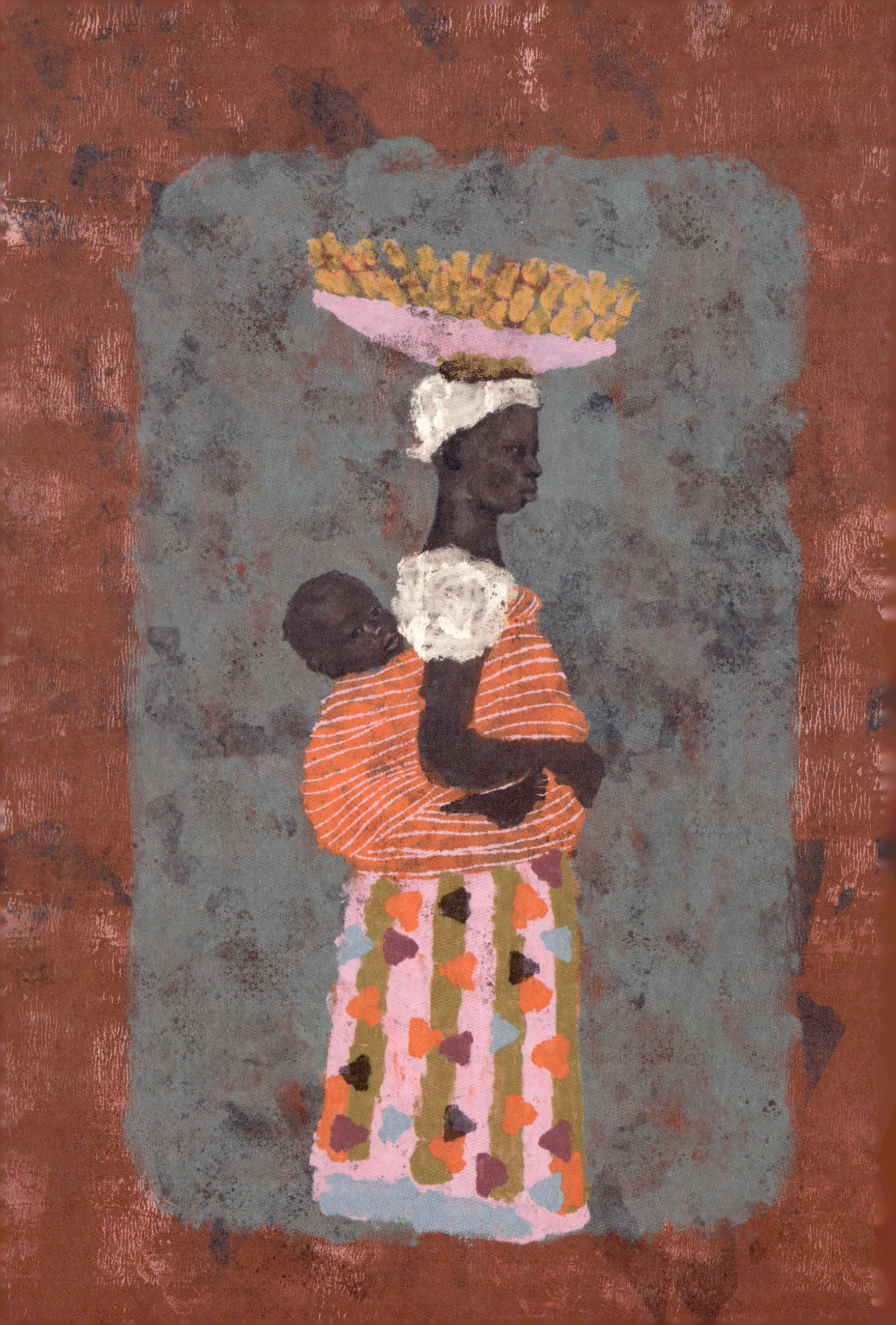

FINAL

Como os príncipes do destino se tornaram brasileiros

Antigamente, na terra dos iorubás,
quando uma criança nascia ela ficava sob a proteção
de um dos dezesseis príncipes do destino, os odus.
Assim, cada homem e cada mulher
sabia que sua vida dependia do destino
que seu odu lhe dava.
E todos se apegavam ao seu príncipe regente
para agradá-lo e ser por ele agradado.
Faziam oferendas a eles, rezavam para eles.
O odu, através de suas histórias,
abria a estrada do destino,
apontava as oportunidades e os pendores de cada um,
mostrava os horizontes, orientava.
Cada um tinha que tomar cuidado com o seu destino,
agir segundo as recomendações das histórias do passado,
respeitando as tradições e todos os tabus
que o destino reservava a cada um.

Mas a vida pertence, sobretudo, a quem a vive,
E o príncipe odu de cada um
não podia ajudar quem a si não se ajudasse.

OS PRÍNCIPES DO DESTINO

Além de ter um destino que acenasse para uma vida feliz,
esse povo sabia que cada pessoa também dependia
de uma cabeça boa e equilibrada
e das oferendas que fizesse aos orixás
para merecer seus favores e sua proteção.

Os dezesseis príncipes eram sempre consultados,
quando alguém tinha algum problema.
Eles sabiam de tudo,
eles sabiam de cada um.
Eles mostravam as soluções,
ajudavam a afastar os males,
aplacavam a dor e consolavam.
Eram guias, eram mestres, eram fontes do saber.
Pois tudo estava previsto nas histórias dos odus.
O povo dos príncipes do destino seguia lutando pela vida.

Os príncipes do destino não vinham mais à Terra dos homens,
habitavam o Céu dos orixás.
Mas seus sucessores humanos, os adivinhos iorubás,
chamados de babalaôs, os pais do saber,
respondiam por eles, os substituíam.
Por meio de um procedimento mágico
que conhecemos pelo nome de jogo de búzios,
os odus mostravam aos adivinhos
como orientar a vida dos seres humanos.

Mas vieram dias terríveis para esse povo africano,
e isso aconteceu dois ou três séculos atrás.
Os iorubás foram vencidos em muitas guerras,

FINAL

suas cidades foram destruídas e seu povo dizimado.
Os sobreviventes foram caçados pelos inimigos,
presos e vendidos como escravos.

Muitos homens e muitas mulheres que faziam parte do povo iorubá
foram transportados ao Brasil em navios negreiros.
Aqui foram vendidos aos senhores brancos
para trabalhar como escravos, sob a chibata do feitor.
Perderam tudo o que tinham na África,
suas cidades, seus bens, suas famílias
e sua liberdade.
Aqui eram apenas mão de obra para os senhores brancos,
sem direito a nada, sem recompensa, sem salário.
Trabalharam na agricultura, no trato das minas, no zelo do gado.
Foram carregadores, barqueiros, cozinheiros, pedreiros,
serviçais domésticos, vendedores, padeiros.
Onde houvesse trabalho, era a mão deles que o fazia,
como a mão dos outros povos africanos também escravizados.
Eles não tinham nada de seu, nem posses, nem direitos.
De si eles só tinham sua memória,
a memória de um povo inteiro.
Eles sabiam as histórias dos príncipes do destino
e as contavam para seus filhos e netos,
que as transmitiram oralmente às gerações seguintes.

Quando veio a liberdade no final da escravidão,
eles já haviam se tornado brasileiros.
Suas histórias, seus heróis e seus orixás
não tinham, contudo, evaporado no esvair do tempo.
Tudo fora preservado, tudo estava vivo.

E até hoje essa lembrança está acesa
e pertence aos descendentes de antigos africanos escravizados
e a todos os demais brasileiros
que, mesmo não sendo afro-brasileiros de sangue,
aprenderam a amar as histórias dos príncipes do destino.
As veneráveis mães de santo e os veneráveis pais de santo,
que são os sacerdotes que dirigem os candomblés,
os templos brasileiros da religião dos orixás,
são os sucessores modernos dos dezesseis príncipes de Ifá.
Nos candomblés são cultuados os deuses orixás,
e aprendemos aqui algumas de suas histórias.
São eles:
Exu, o orixá mensageiro,
Ogum, o deus do ferro e da guerra,
Oxóssi, o orixá da caça,
Oxumarê, a divindade do arco-íris,
Omulu, o orixá da peste,
Xangô, o orixá do trovão,
Iansã, a senhora celeste da tempestade,
Oxum, a divina dona da beleza,
Nanã, a divindade do fundo das lagoas,
Iemanjá, a deusa do mar,
Oxaguiã, o orixá que inventou o pilão,
Oxalá, o deus da criação da humanidade,
e Ifá, o orixá da adivinhação, o senhor dos príncipes do destino.
E outros mais, dos quais ainda temos
muitas histórias para contar.

Hoje em dia, nos candomblés do Brasil,
os pais e as mães de santo,

FINAL

como faziam os ancestrais príncipes do destino,
contam estas e outras histórias fantásticas
acontecidas em tempos muito antigos
com os orixás e com os seres humanos.
Eles acreditam que tais histórias se repetem
na vida de cada um de nós,
de acordo com o destino de cada um,
de acordo com o odu que rege a vida de cada ser humano.
Eles jogam os dezesseis búzios de Ifá
e os búzios indicam qual é a história de cada um de nós.
Esses pais e mães dizem aos que os procuram qual é o seu odu.
Dizem a cada um qual é o seu destino.

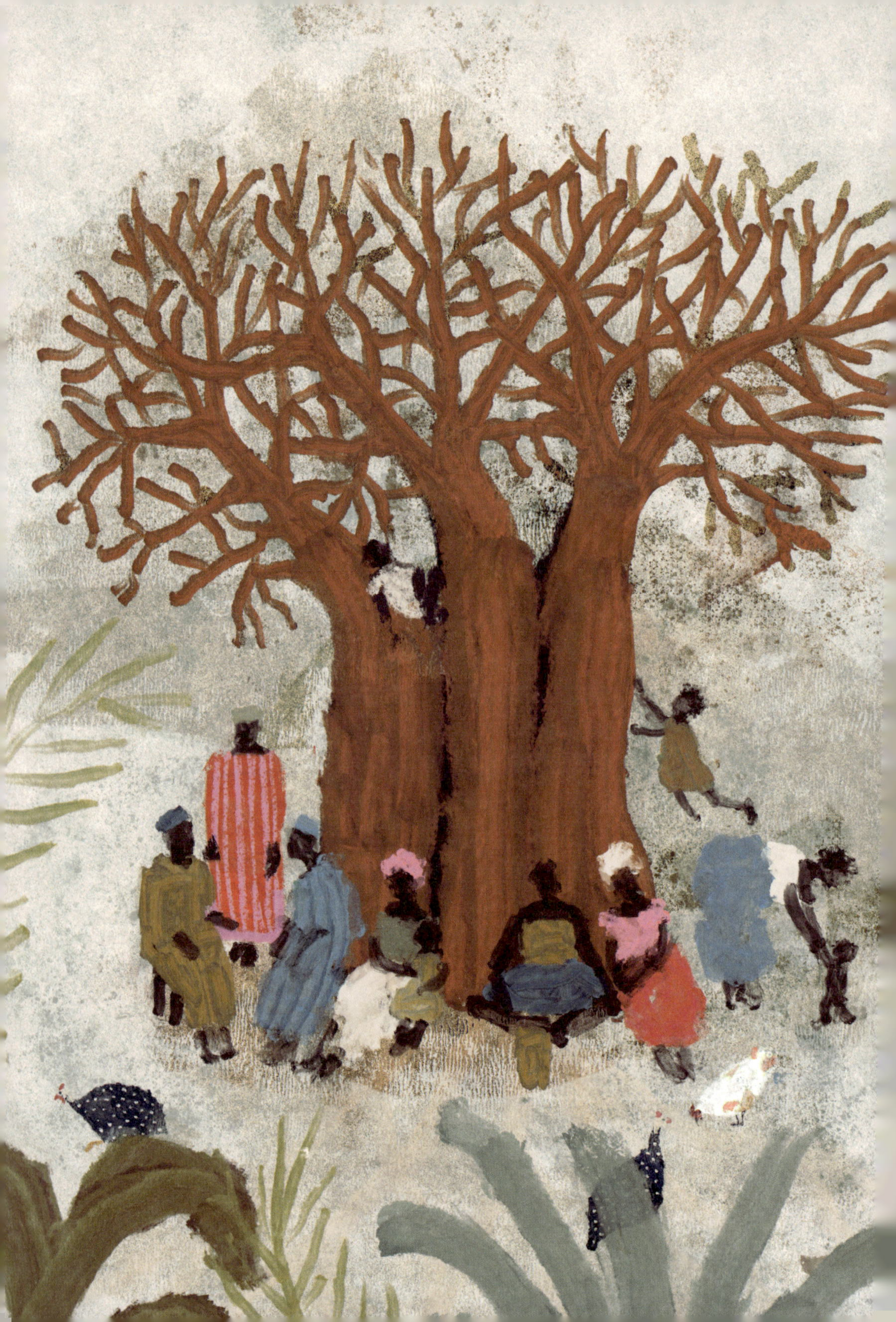

PARA SABER MAIS

OS IORUBÁS E SUAS HISTÓRIAS

As histórias que você acabou de ler contaram que os odus eram príncipes do povo iorubá, e que a missão deles era ajudar as pessoas a lidarem com os problemas da vida. Vamos agora saber um pouco mais sobre tudo isso.

Os iorubás vivem há muito tempo na África Ocidental: a parte da África que fica ao sul do Deserto do Saara e vai até o Oceano Atlântico. A maioria dos povos iorubás vive hoje em dois países, a Nigéria e o Benim; mas também há iorubás vivendo em países vizinhos, como o Togo. Nessa região eles fundaram aldeias, cidades, reinos e impérios. Durante o tráfico de africanos escravizados para países das Américas, inclusive para o Brasil, milhares de iorubás foram trazidos ao nosso país para o trabalho escravo. Assim, hoje, são muitos os brasileiros que descendem dos antigos iorubás, e são muitos os aspectos da cultura deles que sobreviveram e acabaram incorporados à cultura brasileira.

Antes da chegada dos europeus à África, os iorubás não usavam a escrita para registrar seus conhecimentos. Em vez disso, algumas pessoas de cada cidade eram encarregadas de aprender de cor todas as histórias de seu povo, histórias de animais, do ser humano, dos deuses e dos heróis mitológicos, até contos infantis, além de provérbios populares. Esse conjunto de histórias antigas, a que chamamos de mitos, fala da criação do mundo, da origem da humanidade e de como os deuses que eles chamam de orixás comandam os acontecimentos do dia a dia. Mas isso não faz parte da cultura apenas dos iorubás.

Todos os povos antigos têm seus mitos, que contam histórias de seu deus ou seus deuses, seus reis e seus heróis, guerras e fatos de interesse coletivo, mitos que compõem a mitologia de cada povo, de cada civilização. Quem não conhece histórias do deus Thor, dos vikings; de Vênus e de Marte, pais de Cupido, todos os três deuses dos romanos? Quem não ouviu contar histórias da divindade Krishina dos hindus; da deusa Pachamama, ou Mãe Terra, dos povos dos Andes centrais, hoje tão mencionada nas questões de ecologia? Quem nunca ouviu falar da divindade Tupã, o Trovão, dos indígenas tupis-guaranis do Brasil? Se você chegou até aqui, você leu neste livro vários mitos de deuses iorubás, os orixás, que também fazem parte das tradições brasileiras herdadas da África.

Quer estejam escritos em livro, quer sejam aprendidos e transmitidos oralmente, os mitos são o coração das religiões. Eles mostram o jeito como um certo povo vê o mundo e a vida das pessoas, como tudo foi criado, de onde viemos, por que estamos aqui, para onde vamos e qual é o melhor modo de se lidar com tudo isso. Em outras palavras, os mitos falam das coisas em que aquele povo acredita. Como este livro tem os orixás como personagens, além dos odus, vamos fazer um resumo de quem são eles e do que fizeram e fazem, de acordo com o que conta sua mitologia. Vamos falar um pouco dos poderes desses deuses, sem cuja colaboração nada existiria nem funcionaria, de acordo com as crenças iorubás e afro-brasileiras.

Os iorubás tradicionais acreditavam em um deus primordial chamado Olorum (Senhor do Céu) ou Olodumare (Senhor do Universo), que existia desde antes dos tempos, quando o universo não existia. Os mitos dos iorubás contam como o mundo foi criado a partir do sentimento de solidão de Olorum.

OLORUM vivia sozinho no nada infinito. Cansado desse nada absoluto, Olorum criou os orixás e ordenou que eles criassem o mundo e o governassem. Cada orixá ficou encarregado de um setor específico do mundo. O mundo tem muitas dimensões e muitos aspectos, muita coisa que nem sequer conhecemos ainda. Mas para nós, o planeta Terra é muito importante porque é nele que vivemos. Dois orixás tiveram papel importante na Criação: Exu, que contribuiu com o movimento, do qual é o dono, sem o qual nem o planeta Terra e nem nada mais teria sido criado; e Nanã, que ofereceu a lama, que é atributo seu, lama da qual o ser humano foi moldado por Oxalá.

EXU governa o movimento e as transformações do mundo. Também controla a sexualidade e a fertilidade masculina. É ele o mensageiro entre os humanos e os orixás, transportando mensagens, preces e oferendas entre o Aiê, o mundo dos humanos, e o Orum, o mundo dos orixás e espíritos. Nada acontece sem a participação de Exu.

NANÃ, a mais velha dos orixás, é a senhora da sabedoria e a dona da lama, formada pela mistura de terra e água. Foi ela que deu a matéria-prima para a feitura dos humanos.

ODUDUA foi quem criou o mundo em que vivemos. Fez a terra firme onde nasceram plantas e animais. Depois Oxalá fez o ser humano, e outros orixás contribuíram com diversos aspectos do mundo atual.

OXALÁ criou os seres humanos. Oxalá também tem outros nomes: Obatalá e Oxalufã. Por ser o criador da humanidade, recebe muitas homenagens dos humanos e dos seus irmãos orixás, pois, sem os seres humanos, os orixás não receberiam comida, bebida, abrigo ou diversão.

ORUNMILÁ, ou Ifá, é o orixá do oráculo e o guardião dos mitos. Ele sabe tudo o que aconteceu, acontece e acontecerá. Por isso, recebeu a tarefa de desvendar o destino das pessoas.

AJALÁ ajudou Oxalá. É ele quem fabrica a cabeça de cada ser humano. Sem sua contribuição, não haveria diferença entre cada um de nós. Seríamos todos iguais, em pensamento, imaginação e vontades, e a vida seria muito sem graça.

OQUÊ (ou Oquerê) levantou as montanhas e serras quando a Terra era formada apenas de planícies sem fim. Permitiu ao ser humano chegar mais perto do firmamento.

ORANIÃ recebeu o governo dos vulcões e das profundezas da Terra, de onde os seres humanos retiram muitas riquezas.

IAMASSÊ, mãe de Xangô, é a senhora do fogo, sem o qual nossa história seria outra.

XANGÔ é o orixá do trovão, da justiça e do governo. Dizem os mitos que ele foi rei da cidade de Oió, a capital do maior império iorubá.

IANSÃ, ou Oiá, foi nomeada orixá do vento, do raio e das tempestades. Também ficou encarregada de levar os espíritos dos mortos para o Orum (o Céu), onde eles devem aguardar o momento de nascer de novo. Intrépida guerreira, é considerada hoje protetora das feministas.

OXUMARÊ, o orixá do arco-íris, transporta as águas da Terra para o Céu. Admirado por sua beleza, quando se mostra no firmamento em suas múltiplas cores, é temido na Terra, onde pode ser visto na forma de serpente.

OLOCUM é a divindade do oceano, do mar profundo, mãe de Iemanjá. É a senhora que junta os continentes com suas águas salgadas.

IEMANJÁ é orixá de um rio na África e da praia onde ele desemboca. No Brasil, recebeu a missão de governar todo o mar e as criaturas que vivem nele. Protege os pescadores e todos os que trabalham nas águas salgadas. Rege os movimentos das marés e correntes marinhas. Também é considerada a mãe dos orixás e da humanidade, protege as mães e as famílias.

OXUM governa o amor, a beleza e a fertilidade da mulher. Também é a senhora do ouro e da riqueza. É orixá de um rio na África; no Brasil, governa todos os rios, lagos e cachoeiras.

EUÁ se tornou a orixá das fontes e guardiã dos segredos mais insondáveis, que mantém numa cabacinha amarrada à cintura.

IBEJIS são orixás gêmeos, protetores das crianças. São os guardiões da inocência infantil e promotores da eterna vontade de brincar.

OBÁ, orixá de um rio na África, tornou-se aqui a protetora do lar e do trabalho doméstico, especialmente da cozinha.

OXAGUIÃ, orixá criador da cultura material, inventou o pilão, facilitando o preparo da comida, que tornou mais disponível a alimentação e propiciou a expansão dos humanos sobre a Terra. Também é guerreiro, quando assume o nome de Ajagunã.

OXÓSSI é o orixá da caça, protege as famílias e garante a alimentação. É considerado protetor dos animais, da natureza, do meio ambiente, enfim.

ERINLÉ é o grande caçador de elefantes, que gosta de se banhar nas águas doces e protege do afogamento quem precisa atravessar o rio.

LOGUM EDÉ é filho de Oxum e Erinlé. Passa metade do tempo caçando na mata, e a outra metade pescando no rio.

OCÔ, orixá da agricultura, inventou os modos de cultivar as plantas, tornando o alimento mais acessível.

OGUM recebeu o governo do ferro, é o senhor da forja, também chamado de O Ferreiro. Criou as ferramentas e armas para a agricultura, a caça, o uso doméstico e a guerra. O senhor da faca é o orixá do trabalho, da tecnologia e da guerra.

OSSAIM é o orixá das folhas. Ele conhece e controla os segredos das ervas que servem para curar doenças, homenagear os orixás e oferecer aos homens e às mulheres os agradáveis banhos de cheiro.

OMULU (ou Obaluaê) é o orixá das doenças, especialmente da varíola e outras epidemias. É o patrono da medicina. Sob o capuz de palha que esconde suas cicatrizes de varíola, dizem que seu corpo é coberto de pérolas.

IROCO é o orixá da árvore sagrada – no Brasil representada pela gameleira branca – onde habitam seres misteriosos e enigmáticos, que nos amedrontam com seus feitiços nas noites sem luz. Durante o dia, nos dá sombra e tranquilidade. Mostra a natureza como ela é: ambígua e indomável. Por sua longevidade, simboliza o tempo, os antepassados e a eternidade.

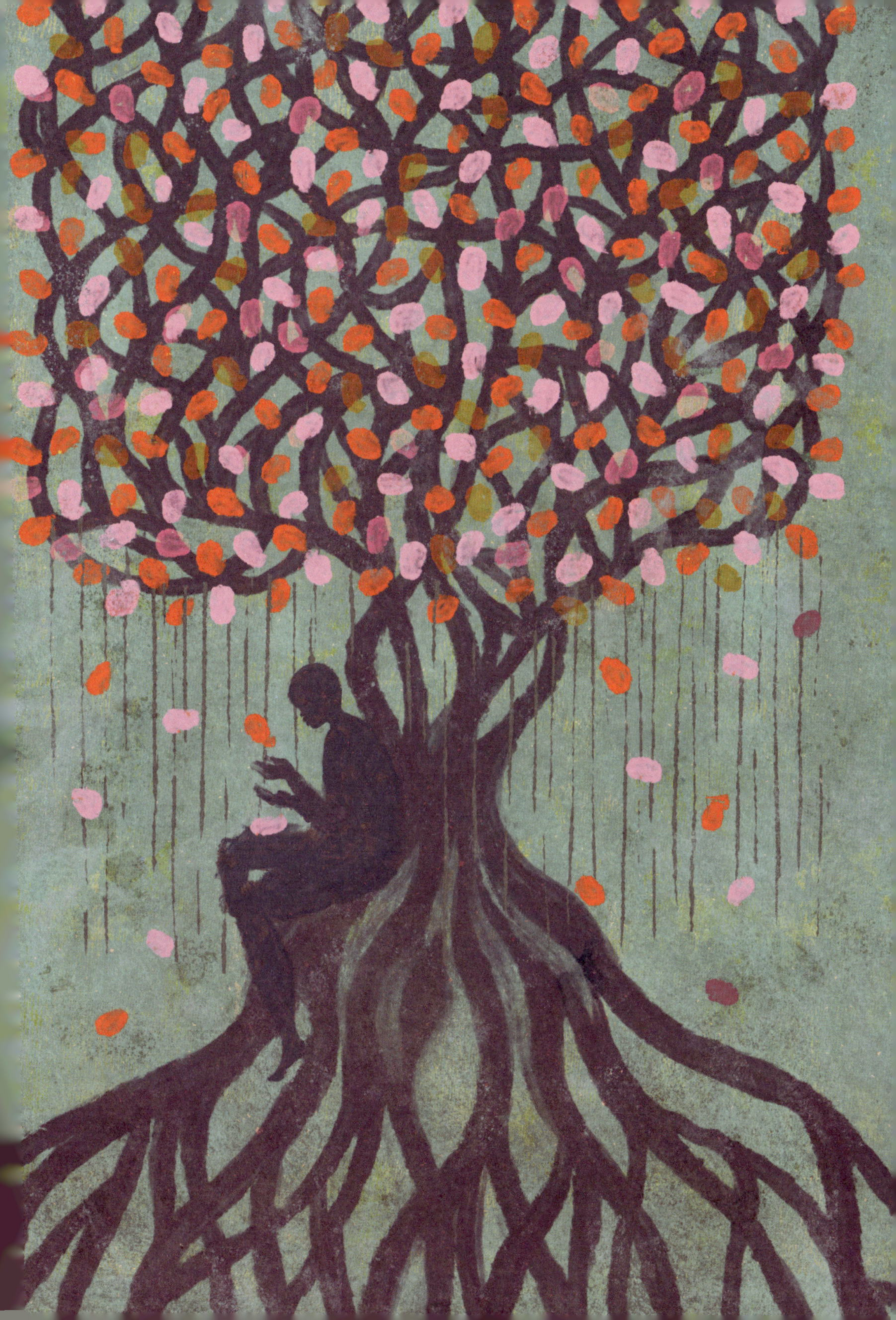

NOTA DO AUTOR

Em 2001, *Os príncipes do destino* foi publicado pela editora Cosac Naify. Em 1998, eu havia organizado a publicação de um velho caderno de anotações sobre o jogo de búzios, do professor Agenor Miranda Rocha, que saiu pela Pallas Editora com o título de *Caminhos de odu*. Ao final de 2000, publiquei *Mitologia dos orixás*, pela Companhia das Letras. *Caminhos de odu* e *Mitologia dos orixás* tratam de mitos dos orixás, deuses africanos dos povos iorubás, mitos trazidos ao Brasil pelos africanos escravizados e aqui preservados pela tradição oral, passando de geração a geração durante décadas e décadas. Essas duas obras, contudo, são livros para adultos, para gente grande.

Ao escrever *Os príncipes do destino*, meu propósito foi recontar alguns desses mesmos mitos para crianças e jovens, adotando, para isso, um formato de aventura ficcional. Afinal, os mitos, de origens e épocas diversas, povoam nossa imaginação em livros, revistas, filmes e outros meios de entretenimento. Mas os mitos apresentados neste livro já não são simples histórias de um povo que vivia do outro lado do oceano, são histórias afro-brasileiras, são histórias brasileiras. As narrativas aqui recontadas, em sua maioria, assim como a identidade dos odus, que chamei de príncipes do destino, foram inspiradas em *Caminhos de odu*, enquanto outras fazem parte de *Mitologia dos orixás*.

NOTA DO AUTOR

Este livro é para as crianças e jovens, mas a homenagem é para um homem de 93 anos de idade à época da edição original do livro: Agenor Miranda Rocha, talvez o último remanescente dos príncipes do destino. Quando o visitava em sua casa no Engenho Novo, bairro do Rio de Janeiro, ele me contava muitas histórias, algumas do seu tempo de menino, outras do período de formação do candomblé no Brasil e outras mais dos tempos imemoriais dos orixás. Falecido em 2004, aos 96 anos, o Professor, como era chamado, foi sem dúvida o mais querido e respeitado adivinho brasileiro, oráculo dos candomblés iorubá-descendentes, o mais prestigiado seguidor da tradição de Ifá, o representante mais ilustre dos príncipes do destino.

Eu não poderia ter feito este livro sem os estímulos e a colaboração de Carlos Eugênio Marcondes de Moura, Heloisa Prieto, Maria José Silveira, Betty Mindlin e Paulo Monteiro.

A Vinícius e Rafael, filhos de Ângela e Frank, e a Pedro e Joaquim, filhos de Ana e Antônio Manuel, dediquei *Os príncipes do destino*.

O livro foi bem recebido, adotado por muitas escolas e teve várias reimpressões. Em 2013, foi lançado na Itália pela editora Cisu, com o título de *I prìncipi del destino* e, em 2014, na França, pela editora Présence Africaine, com o nome de *Les princes du destin*.

Os príncipes do destino me deu muitas alegrias, e acredito que ele tenha ajudado muitos brasileiros a conhecerem mais de perto algumas de nossas mais ricas tradições africanas, parte essencial da grande mistura que forma nossa identidade cultural. Mas em novembro de 2015, a editora Cosac Naify anunciou o encerramento de suas atividades. Era o fim também de *Os príncipes do destino*.

Não foi preciso sair à procura de um novo abrigo. Cristina Fernandes Warth nos abriu as portas de sua casa, a editora Pallas. Assim, com o apoio editorial dela e de Mariana Warth, e com os belos desenhos de Anna Cunha que ilustram esta nova edição, *Os príncipes do destino* renasceu para uma nova vida.

Esta nova edição que você leu inclui um adendo, "Os iorubás e suas histórias", que é uma breve explicação sobre a relação entre as religiões e os mitos que as fundamentam. Trata especificamente da religião dos povos iorubás e traça um perfil breve do poder que a tradição afro-brasileira atribui a cada um dos diferentes orixás, ampliando informações anteriores sobre a ligação do orixá com elementos da natureza e com aspectos da vida social. Os mitos são a base do oráculo religioso, conhecido entre nós pelo nome de jogo de búzios, que indica quais são os odus importantes na definição da identidade e do destino do consulente. Cada um dos 16 odus, que neste livro são chamados de príncipes do destino, encerra um grande número de mitos que falam de determinados orixás e de tudo que há e acontece sob a regência deles. São 16, como se fossem 16 seções de uma biblioteca completa, ou 16 capítulos de um livro imenso, onde são buscadas respostas para a orientação da conduta, solução de problemas e construção da identidade de cada um. Cada odu tem seu orixá ou orixás e seu tema específico, como o amor, família, doença, viagens, negócios, morte, riqueza e pobreza, vida cotidiana, trabalho etc. Os odus contêm a sabedoria desses povos africanos, os iorubás, trazida ao Brasil e a outros países da América pelos escravizados e preservada pelos terreiros que cultuam os orixás, difundindo-se com o tempo também pelos mais diferentes ramos da cultura popular brasileira não religiosa.

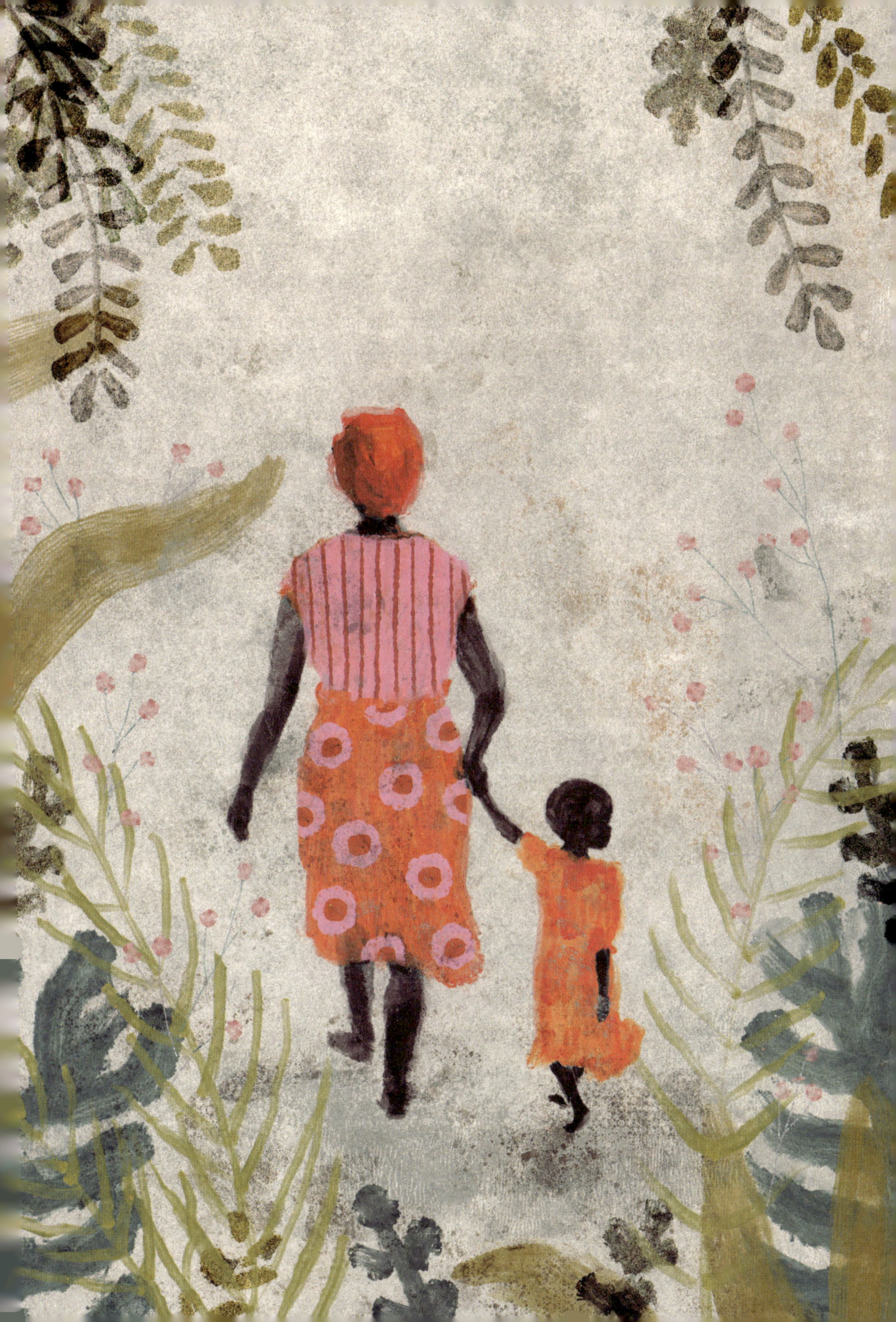

Este livro foi impresso na Gráfica Edelbra
em Erechim, em novembro e 2022.
O papel de miolo é o offset 150g/m².
e o de capa é o cartão 250g/m².
As fonte utilizadas são a Source Serif Pro
para textos e a Lehmann para títulos.